思想觀念的帶動者

文化現象的觀察者

本土經驗的整理者

生命故事的關懷者

心靈工坊 |PsyGarden|

GrowUp

愛的開顯就是恩典·
心的照顧就是成長；
親子攜手·同向生命的高處仰望·
愛必泉湧·心必富饒。

故事裡的不可思議

物語とふしぎ

體驗兒童文學的神奇魔力

河合隼雄－著
河合俊雄－編
蘇文淑－譯

河合隼雄・孩子與幻想系列

目錄

「河合隼雄・孩子與幻想系列」發刊詞

河合俊雄

這一個系列收集了父親河合隼雄以「孩子」與「幻想」為主題所寫的書，作為「心理治療」系列的延續。

對於心理治療師河合隼雄來說，「孩子」當然是一個重要的主題。在蘇黎世取得榮格分析師的資格，於一九六五年回國之後，首先面對的就是不願上學的孩子們。其中一位少年敍述一個「肉的漩渦」的夢，促使他超越個別的母子關係，開始思考日本普遍的母性所具有的力量與破壞性。這也顯示了「孩子」這個主題的重要性與廣度。在這個系列的《孩子與惡》、《轉大人的辛苦》兩本書當中，河合隼雄針對他透過心理治療所看到的孩子問題，以及孩子存在的本質，作了深刻的思考。

不過，這個系列的另三本書《故事裡的不可思議》、《閱讀孩子的書》、《閱讀奇幻文學》（書名暫譯），主要的內容是河合隼雄對於被概稱為「兒童文學」的各種作品，所進行的閱讀與解釋。河合隼雄一再強調，所謂的兒童文學，不只是寫給兒童看的。兒童文學也適合大人閱讀，而且它遠比凝聚了複雜寫作技巧的文藝作品，更能夠碰觸到「靈魂的真實」。就像古老的諺語「七歲以前是神的孩子」所說的，孩子接近神，也接近靈魂。按照河合隼雄的說法，對孩子來說，現實的多層性以幻想小說的形式，比較容易顯現其樣貌。「孩子清澈的目光，比大人渾濁的眼睛」更容易看到靈魂的真實。在這個意義下，所謂的「孩子」並不是一種對象，而是一種視點、一種主體。而河合隼雄在《閱讀孩子的書》的導言〈為什麼要讀孩子的書？〉中關於該問題的的說明——「閱讀童書，和心理治療中與個案的面談，有相通之處」，也就更具說服力。

從以上的描述我們不難看出，「孩子」對河合隼雄來說，確實是非常重要的主題。他有許多本書以「孩子」為標題，其他的著作也大多與孩子有關。在這個意義下，我認為「孩子與幻想」系列將這個主題下的數本著作集合在一起，以平易近人的文庫本[1]形式重新出版，意義重大。不過，有關這個主題非常重要的《小孩的宇宙》一書，因為已經以新書版[2]的形式出版，並沒有收錄在本系列之中。此外，系列中的《轉大人的辛苦》以及《青春的夢與遊戲》二書，除了孩子的主題之外，還探討了青年期的問題。

今年，我們即將迎接河合隼雄的七回忌[3]。希望本系列叢書的發行，能夠成為對故人的一種紀念。系列中的部分著作，當初並非由岩波書店發行初

1 譯註：文庫本是日本出版界通行的一種叢書規格，A6規格，大小約為148×105mm，多為平裝。售價低廉、攜帶方便，以普及為目的，故主要為經典名著、以及其他重要書籍的再版。（台灣心靈工坊出版的本系列中譯本，因應國人閱讀習慣，並未沿用文庫本規格。）

2 譯註：新書是日本出版界通行的另一種叢書規格，大小約為173×105mm。相對於文庫本，新書多半是新的著作。

3 譯註：七回忌是日本佛教傳統中，悼念往生者的重要法事之一，於歿後六年舉行。

版，有關這些部分版權的讓渡，非常感謝講談社的理解。此外，對於在百忙之中爽快地允諾為此系列撰寫導讀的各位先進，以及為此系列的企畫、校訂付出許多心力的岩波書店的佐藤司先生，謹在此致上我衷心的感謝。（林暉鈞譯）

二〇一三年五月吉日
河合俊雄

〔推薦序〕

躍動在童書底層的生命原力

林世仁／兒童文學作家

每次讀河合隼雄的書，都像看到一個「溫暖的人」為大家斟好茶，閒聊起人生的大哉問。每次讀完書、飲完茶，總覺得那壺茶還沒喝盡，只好移到下一本書，「阿伯，再來一杯！」

我最喜歡他談小孩的書，他在《小孩的宇宙》中說「每個孩子心裡都存在著一個宇宙。」他不把孩子看小，也不把兒童文學看小，甚至說：「我希望大人小孩都要來閱讀兒童文學」。為什麼呢？因為他不像一般人把童書看成小兒科的道德教訓或娛樂小書，而是更接近「靈魂的真實」的故事。這樣的思維在他筆下一以貫之，在《孩子與惡》和《轉大人的辛苦》中也曾借用童書來解說他的觀察。在這本書裡，他更把主題完全集中在兒童文學，點出其中一個最精彩的核心——「不可思議」！並依序談論了不可思議的「大自然」、不可思議的「我」，由此再看向不可思議的人物、不可思議的場所、不可思議的時間。其實，河合阿伯所要述說的正是不可思議的「生命」。

人生中最大的幸福，應該是能感受到「活著」這件不可思議的事，並珍惜、感謝這魔法一般的奇蹟。所謂的「歡喜讚歎」，便是對這種不可思議現象的禮敬吧！可惜的是，一般大人都活在一個「理所當然的世界」。在那裡，萬事萬物都有了定位，「感覺」很容易就被「知識」取代，驚奇只在欲望中出現，想像不再叩問事物的本質。還好，兒童文學保住了這珍希的「不可思議」！河合阿伯便是透過這些故事讓我們的靈魂多了一根可以被觸動的弦。

榮格學派有一個很溫暖的看法：接納人性中的陰影，接受現實所具有的多樣性，把好壞、善惡都還原成一種「實存的現象」而不落入二元判斷。舉一個例子來說，書中提及的《回憶中的瑪妮》、《喬治與我》（此間更熟悉的當是約翰．伯寧罕的繪本《我的祕密朋友阿德》），談到人心中的「另一個我」。這在一般人眼中很可能立刻被「知識」判別，歸類成精神病兆（甚至極端想像成《24個比利》）。但在作者筆下，它被還原成一種現象，更一一顯露出潛藏其中的創造性能量。「知識」所僵化之處，恰是靈魂最待鬆解之處。就是在這一類地方，「故事」上場！

河合阿伯當然是讀過很多「聽書名就很嚇人的書」，但是讓我們感動的，卻是他述說的口吻。他總是「談得深，說得淺」，即使是小地方都能幾句話就點出徵結。在《杜立德醫生非洲歷險記》的例子中，他提到能聽懂動物話的杜立德有一次請狗走上法庭的證人席，氣得檢查官大叫：「我反對！這是在侮辱法庭的權威！」他接著詮釋說：「我遇見過太多孩子……被『聽不懂狗語的檢察官』判為『罪犯』。」我們的心正一糾，阿伯的幽默又轉了個彎：「假設住在我們心房裡的小狗跟貓咪正在碎嘴，『那個人一直拚命賺錢，不曉得要幹嘛？』『他是不是飲酒過度啊？』這麼自我對話，或許會改變我們的生活方式。」可想而知，這種事如果公開說出來，八成會被看成神經病。但它卻是心靈的小遊戲，挺有益靈魂的。

身為童書創作者，我讀河合阿伯的書總是深有共鳴。記得小時候，我第一次感受到的不可思議正是：我為什麼是「我」？為什麼我能感受到「我」而不能感受到別人的感覺？這幾乎像魔法一般的設定，讓我覺得好奇妙，好不明白。那不明白是如此新鮮，新鮮得讓「不可思議」變成了一份禮物！長大後我會成為童書作家，大概是因為童書所面向的，正是一個「不可思議的世界」吧。

剛開始寫童話時，我把「童話」定義成「用童心的話語所述說出來的幻想故事」，而「童心」則是「用新鮮的眼光來看這個老舊的世界」。對我來說，童話不單單是寫給兒童看的故事，而是一個對成人敞開的奇思妙境。我是先被這個「童心的世界」所吸引，才慢慢認識到兒童的。

看了河合阿伯的書，我又進一步意識到童書所描寫的既不是外在世界，也不是人的內在世界，而是經由內在世界底層的一個神奇通道聯結到了外在的世界。所有人事物，一旦經過這內在通道再從外部世界顯現時，就變成了一個奇特的存在。每一部好作品都像這樣，是靈魂與世界的對話、遊戲與相互投影。這因著聯繫了內、外兩個世界而汩汩流動出來的能量，正是童書最迷人的魔法。在那兒，生命的驚奇又回返了！

現代沒有神話，但神話的火種卻是像這樣被童話和奇幻文學繼承了下來。心靈的能量經由這些故事而再次被調動、放空與重啟。

很高興河合阿伯提到《柳林中的風聲》，正是這本書在我長成大人之後引領我回到兒童文學的世界。其中對季節的描寫，完全是兒童、大人可以共鳴共感的。至於書中提到的諸多經典，我特別推薦大人優先去看《湯姆的午夜花園》。看一看「靈魂的時間」如何神奇的串連起一位小男孩與小女孩。

讀完這本書，我除了提醒自己在創作上「催生奇想時，一定要探索內在的現實」之外，還有兩個希望：一是希望書中少數提到的一些童書能早日譯介成中文版。一個故事就是一個世界，少了精彩、豐富的文本，我們的靈魂世界可要少掉許多有趣的角落呢！二是希望我們的童書出版不要太過於「無菌化」，如果童書的內容過於跟教育疊合，其實是把靈魂驅趕進現實的模板，窄化了童書的作用。舉例來說，如果故事中有一個角色動不動就喊：「把它的頭砍了！」作者或編輯的「守門員良心」一啟動，很可能會把這句話全砍了或是換成一句小朋友學起來「沒那麼驚心動魄」的口頭禪。但是少了這些「驚心動魄」，兒童的心靈宇宙其實也就少了那麼一塊「生機勃勃的黑洞」！還好，這樣的「守門員機制」還能對經典放行，紅心皇后才能在愛麗絲掉入的奇境中，繼續大叫：「把它的頭砍了！」

黑洞不可怕，重要的是要能從那兒回來。用故事來說，就是愛麗絲去了魔境，而且——回來了！現實人生為了保障大家都能「安全的在這兒」，有時就完全刪去了魔境。沒有了「去那兒」的經歷，對靈魂來說可不滿足呢。所以，河合阿伯藉由許多童書故事，不斷將讀者的心靈拉離「從現實層面去單一解釋人生」的慣性，把人的靈魂放入一個更廣大而開放的世界，去感受那「不可思議」的神奇，也就是去魔境。而故事總是向我們保證：放心，你可以安然回返。

想一想，人的生理是從「單細胞」一路走過演化史的變化，成長為靈長類中的「人」。人的心靈如果不能從矇昧、神話階段開始發展，而一下子就全部下載進現代的科學文明，不是太可惜了嗎？這也許正是讀童書的必要。就像河合阿伯說的，兒童讀兒童文學可以「帶著靈魂一起成長」。那麼，成人讀兒童文學呢？嗯，應該是可以再一次看見靈魂，拾回自己「失落的一角」吧。

最後，改一句河合阿伯說過的話，恰好就是我對這本書的感受：「探索童書的宇宙，會帶領我們走向對自己世界的探索。」

第一章

不可思議與人生

01 不可思議的體驗

生活裡，每天都有讓人覺得很奇怪的事，有些事上一秒鐘剛覺得「咦，好奇怪唷」，下一秒鐘就忘了，但也有些事迴繞心頭、揮之不去，讓人忍不住想一探究竟。

舉個簡單的例子：某天夜裡你忽然張開眼睛，聽見「咿──」一聲很奇怪又輕朦朦的聲音。你心底覺得狐疑，翻來覆去睡不著，終於起床循聲去找。「原來是冰箱哪！」你安心了。人的「心」會被奇怪的事情所干擾，要把謎題解開後，知道了「為什麼」我們才能重拾平靜。

又例如搭電車的時候，突然上來了一個穿著紅鞋、戴紅帽、手裡還拿著鮮豔紅色包包的怪歐吉桑，你覺得這個人怎麼打扮得那麼奇怪呀？後來對方不知道在哪一站下了車，你也就只把對方當成一個怪人而已，轉頭就忘。在這個經驗裡，雖然不知道對方為什麼打扮成那樣，但由於你把對方視為一個「怪咖」，知道他跟自己的人生毫無瓜葛，可以安心地把他從心裡排除，重拾平靜。

但好不容易心裡安定了，隔天居然又在完全不同的電車上看到了他，這下子你可就很難釋懷了。「太巧了吧！」、「現在流行穿這樣嗎？」、「該不會是在跟蹤我吧？」你的心開始躁動難安。也就是說，人不會只把離奇的現象純粹當成怪事來看待，我們一定要給它找個什麼理由安在心上，讓自己好過。

成年以後，每天過著一樣的日子，開始不覺得有什麼事情叫我們覺得奇怪了，對一切好像都已了然於心。這下子，我們開始去看《寰宇蒐奇》之類的節目或活動。因為這些東西反正最後一定會被歸結到「離奇」的範疇，跟我們的日常生活無關，所以我們可以放心享受一小段時間的悸動，最後又重拾心靈平靜。

「理所當然」的事

「離奇、不可思議」的相反則是「理所當然、本來如此」。大多數成年人都活在「理所當然的世界」，但也有些人並不覺得一切都那麼理所當然。

有個人看見蘋果從樹上掉下來了，覺得很奇怪，而且他不是看過就算了，還追著這個奇怪的現象探索下去，發現了偉大的萬有引力法則。一直以來，大家都覺得蘋果本來就會從樹上掉下來，但對牛頓來講，卻是個要讓他費盡千辛萬苦研究之後，才能坦然「接受」的現象。而他的苦心研究，公認對人類帶來了偉大貢獻。

「人終有一死」，這又是另一個天經地義的現象，但有個人覺得這個現象實在太奇怪了，他苦思竭慮「人為何會死？」為了釐清這個問題，釋迦牟尼離開了家人、拋棄了財產，心心念念這個大哉問。他的努力發展出了偉大的宗教「佛教」，也同樣為人類帶來了偉大貢獻。如此想來，人會覺得某些事情很不可思議的這種想法，無疑是特別的，尤其那些對大家視為「理所當然」之事感到「不可思議」的人，可以說很偉大吧？

那麼這種人呢？有個人也覺得「人會死」是個很奇怪的現象，於是他大量翻閱佛教、基督教書籍，想從書中找解答。但這些書都無法滿足他，於是他一有機會就纏著別人問，整顆心都被這謎題塞滿了，無心工作，很可惜地，最後他逐漸被周遭的人排斥，愈來愈孤獨、個性也愈來愈扭曲，成了一個「討人厭的人」。

他覺得大家都苟且度日，只有他一個人很努力在面對理應探討的謎題，於是更惹人嫌了。他不但沒有靠自己的力量去解開謎題，反而還干擾大家原本平靜的生活，要大家跟著他一起徬徨無助。因此我們覺得有什麼事情很「不可思議」時，有責任自己去找出答案。

孩子與不可思議

小孩子的世界充滿了「不可思議」的現象。他們一天到晚問「為什麼？」問到被大人罵。可是，這些看在大人眼裡原本如此的事情，對孩子來說卻撲朔迷離。「為什麼會下雨？」、「為什麼蟬會叫？」有時候問得複雜一點，譬如飛機愈飛愈遠、愈小了，那麼坐在裡面的人呢？這些讓孩子心生疑惑的問題，他們會去問大人或自己揣量思考，在這樣的過程中一點一滴建立起自己的知識，架構出屬於自我的人生觀。

有位六歲的小朋友大谷雅弘，寫了這樣一首詩1。

爸爸
開米行
早餐卻吃麵包

看見這樣的內容，我們會覺得「對耶，這樣說起來，人真的很奇怪」。這樣的內容彷彿在我們習以為常的生活中照進一絲不同角度的光，打亮我們長期以來忽視的面向，引領我們注意不同細節。面對孩子的「為什麼」，如果我們也能跟著一起覺得「真的好不可思議唷！」而不是簡單搪塞幾句，那麼我們自己的生活也會跟著一起變豐富、變得更有趣。

1 出自《太陽放屁》，灰谷健次郎編纂，SUNLEAD出版，一九八〇年。

02 從不可思議之中誕生的故事

滿意的答案

小孩子對於自己覺得不可思議的事情，有時候會從大人身上尋求解答、獲得知識，但有時候他們也有自己的一套解釋。當孩子問「為什麼」的時候，如果大人不要馬上解答，而是跟著他們一起好奇「為什麼呢？」或許孩子自己會提供一套很有意思的答案。

「媽媽，為什麼蟬一直唧唧叫？」孩子這麼問。

「為什麼呢？」母親回答。

小孩子說，「因為他在叫媽媽、媽媽呀！」說完後對自己的答案很滿意，就不再追問了。這個孩子，是自己想出了這套說詞嗎？

我想那不光是孩子對外在現象的「解答」，更是他自己不管碰到什麼事都想趕快叫媽媽的那份心情的反應，所以孩子對於自己的解讀很滿意。但如果媽媽回答：「哪有為什麼，蟬本來就唧唧叫呀」或者「蟬本來就是一直叫嘛」，這種答案恐怕無法讓孩子心悅誠服。就算我們跟孩子解釋蟬鳴的身體結構是怎麼樣的，灌輸他們正確的知識，恐怕還是一樣。因為在那當下，小孩有自己一套能讓他滿意的說法。

這種「在當下，能令當事者滿意的解讀」，不正是「故事」出現的契機嗎？孩子聽到了蟬鳴，馬上聯想到「啊，牠是在叫媽媽、媽媽！」這不就已經成為了故事？那當下，外在情況跟孩子的心境融合為一，催化成了故事。

說故事

人從一開始擁有語言的時候，就已經在創造故事了吧？再簡短的語句，都是人用來消化自己所經驗到的那一份「不可思議」與「詫異」的感受。

古希臘時代的人已經知道太陽是一顆會發熱的球體，但他們還是把太陽描述成一個駕著四匹馬的黃金馬車的英雄。為什麼呢？因為這樣才能表達他們看見旭日劃破黑夜出現時，心中所感受到的悸動。所以他們把太陽描述成駕馭黃金馬車的英雄。

後來各個民族跟部落開始創作出故事，用來解釋「我們為什麼會存在這裡」這個人類基本上最「不可思議」的懸疑。這些故事就是神話。神話並不只是為了解釋人之存在這個不可思議的現象，它更涉及了人類存在的所有面向，深刻並豐厚了人類存在的意涵。

若我們從「解讀現象」的面向去看待神話，神話會變得怎麼樣？把太陽描述成一位每天晚上與怪物奮戰，到了早上取得勝利而展現神采的英雄，的確在某種程度上說得通，卻沒辦法解釋所有與太陽有關的疑點。同樣的，說蟬鳴是在「喚媽媽」的說法，乍聽之下雖然好像有點道理，但很快會出現破綻。

於是人們開始發現，解讀各種現象時最好不要跟人的內在世界扯上關係，會比較正確。這種作法表現到最極致時，「自然科學」就誕生了。人學習到在解釋各種「不可思議」的現象時，要盡量脫離人的本位，從超然的角度去觀察與詮釋。

一如牛頓所嘗試的，這種自然科學方法創造出了解讀各種謎疑現象的普遍性觀點。它的效果之好，我們從今日科學發展的進步程度來看，不難了解。由於自然科學太實用了，人們開始討厭神話，過度傾心於自然科學。然而拋棄了神話，等於別過頭去不看自己的內心，漠視自我與這世界的關連。

孩子宣稱蟬鳴是在呼喚媽媽，這種說法如果以科學角度來看或許不正確，可是從孩子如何展現自己當下與周遭「世界」之間的連結來看，卻是個很貼切的詮釋。

回到我們剛才提到的那位一身紅色打扮的人，假設我們碰見了他兩次之後，居然又碰到了第三次！這下好了，我們判斷「他是CIA派來跟蹤我的！」這種說法或許貼合了我們當下的驚疑，卻完全忽視了外在的客觀情況。也可以說，是把外在現實與內在現實給搞混了，這種反應可以說是妄想。

讓我們從另一個角度來看待吧。以上情況雖然近似病態般的精神妄想，但也不用急著把它當成「異常」，我們可以視之為是當事者很努力在理解周圍世界與自身的關係，並且試圖讓別人了解。

把「故事」當成介於「自然科學」與「妄想」之間的存在，就很容易可以了解故事的特質。簡單來說，自然科學是我們極度追求外在現實時所孕生出來的「故事」，妄想則是我們極度追求內在事實時所催化出來的「故事」。那麼「奇想」（fantasy）呢？這就留待之後再說了。

03 「不可思議」帶給人生力量

人一生會經歷很多不可思議的事，這些事，我們會逐漸覺得尋常無奇，但還是有些經歷對自己來講很「奇特」。接著，我們從實際作品來討論。

神奇黑石

在此我要舉的例子，是吉爾·巴頓·沃許（Jill Paton Walsh, 1937- 英國兒童文學家）的作品《神奇黑石》（*Gaffer Samson's Luck*）[2]。主角是一位小男

2 《神奇黑石》，吉爾·巴頓·沃許著，遠藤育枝譯，原生林出版，一九九〇年。

孩詹姆斯，由於父親工作的關係要搬家，他很不滿，因為新家是用舊啤酒工廠改建而成的狹窄住宅，格局很奇怪。這也就算了，更討厭的是那塊舊啤酒工廠就正好位於小村子跟公寓區之間，於是村子裡的小孩把他當外人，公寓群的小孩也排擠他。

詹姆斯後來認識了附近一位老爺爺桑松，桑松已經老得快不行了，可是他心底還惦記著小時候從某位吉普賽人手中得到的一顆「神奇黑石」。吉普賽人把石頭給他的時候說，「如果你弄丟了這顆黑石，你就活不過下一個季節的來臨。如果你把它給別人，也還是會遭遇不幸，但只要你留著它，不管是在海上或陸地上，它都會保你一生平安無災。」於是桑松一直珍藏著那顆石頭，把它藏在自己家暖爐的石頭底下，結果居然忘記了。就那樣搬到啤酒工廠舊址改成的新居。

詹姆斯答應要幫爺爺找回這顆石頭，可是把他視為外人的村裡小孩當然不會允許他騎著腳踏車在村子裡自由來去。他們撂話要狠狠教訓詹姆斯，但若要找到那顆石頭，他就得憑著爺爺給的一點朦朧的印象，騎著腳踏車在村子裡四處尋找那早已變成荒屋的爺爺舊家。

他還是決心要幫爺爺找到，於是故事發展成詹姆斯必須跟村裡小孩賭命對決的險惡情況。細節我在此就不說了，這是一部描寫男孩成長必經歷程的佳作，也是引人思考霸凌問題的傑作。

騎腳踏車的詹姆斯（Sasameya Yuki 繪《神奇黑石》原生林）

有些人可能不相信那一顆神奇的黑石頭真有什麼神祕的力量，把它扔掉就算了。但正因為有人相信，故事才得以誕生，也才得以支撐了詹姆斯與爺爺，帶給他們力量。爺爺在這樣的撐持下，安詳離開人世，而詹姆斯也因此獲得了人格成長，得到其他男孩子接納。

「不可思議」中存在的恐怖

詹姆斯為了拿到這顆「神奇黑石」，嘗到賭上性命的恐怖滋味。在不可思議之中，往往存在著恐怖，而恐怖的程度過劇時，我們往往被恐懼所攫獲，完全來不及感受到不可思議。有時候，我們只不過是對某些奇特的現象感到好奇，卻惹來生命危險。這種時候，根本沒辦法說「好奇特呀！」也不會覺得很愉快。可以說，所謂的「不可思議」必須要先能化為我們自己的故事，才足以提供我們力量。

恐怖之中有時候存在令人費解的現象，卻不可以稱之為「不可思議」。我曾經在美國看過一份性虐待案例，主角被父親性虐待後，雖然跟父親分開住，但到了快二十歲還是不敢跟男生約會，很畏懼男性，也無法表達自己的情感，令人深感同情。在這個案例中，我們採取了沙遊治療（Sandtray Therapy/Sandplay Therapy，又稱沙盤治療或箱庭療法），讓主角在沙盤中佈置出自己的世界，從這過程中去自我療癒。

我在此沒辦法把她所做的沙遊治療作品介紹給大家，不過簡單來說，她做出來的作品深奧得像是去了「另一個世界」。她在那裡深深地自我療癒後，再回到這個世界。由於她要下到很深、很深的世界，我們很擔心她會不會回不來了，但結果她做出了一個能讓自己重回日常生活的作品。她利用了《綠野仙蹤》（*The Wonderful Wizard of Oz*）[3]這個故事裡的主人翁，把自己比擬成主角「桃樂絲」，在稻草人、機器人跟膽小獅的陪伴下，一起旅行。我當初看見這個作品時真的心頭一懍，因為這三個配角，用來表達她所遭受的性侵害對於她內心長期以來的折磨，實在是太貼切了。

稻草人的大腦裡被塞滿稻草，一點思想也沒有。這種被剝奪了所有判斷力、腦袋中一片空白的情形，難道不正是這個女孩所遭受過的恐怖對待嗎？還有那失去了心臟的機器人也是。她恐怕連難過的感覺都已經失去了吧？還

3 《綠野仙蹤》，法蘭克·包姆著，國語日報，二〇一五年。

有那不敢發怒的膽小獅，其實她很想對自己父親、對這世界發洩很多憤怒吧？可是她做不到。她在責怪自己太**懦弱**嗎？

或許有些人會覺得《綠野仙蹤》是個胡扯瞎說的故事，可是對於經歷過這樣深刻恐懼，連活著都覺得好累的人來講，卻是個足以「撫慰內心創痛」的故事。

對謎團的挑戰

《神奇黑石》這部作品中，支撐小男孩詹姆斯的是一顆神奇的黑石頭，而在剛剛提到遭受性虐待的女性例子裡，撐持她的則是《綠野仙蹤》這部作品。這兩部作品如果擺在日常生活裡來看，的確都有些地方可以被評為「胡扯瞎說」、「毫無意義」，但這正是「人」不可思議之處。所謂「停止霸凌，大家好好相處」、「鼓起勇氣走正確的路」這些說法，都很正確也很重要，可是卻不能保護小男孩詹姆斯，又或者我們跟一個遭過性虐待的女子說，「雖然發生過那麼痛苦的事，妳一定要勇敢活下去」或「對異性懷有愛情很重要」又有什麼用呢？

反而是《綠野仙蹤》這樣對某些人來講荒唐無稽的故事，能帶給她力量，而在得到這樣的力量支撐後，前述那些口號才有意義。

這其中的道理是什麼？我們生存時，是同時與外界及內在保持關連的，為了要理解外在現象並加以掌控，我們發展出了「自然科學」，然而自然科學並不能用來解決內心問題。

舉個常見的例子好了。有個人的女友被車子撞死，這男人傷心欲絕地問「為什麼？為什麼她會死？」這時候你回答「因為失血過多」這種科學上的解答，根本沒有辦法讓當事人接受。在面對自己的內心時，反而是前述那些拆解謎團的方式可以產生作用。這些奇特而不可思議的事，在當下對當事人造成了特定意義，於此支撐了當事人。

這麼說來，就像我們用自然科學來研究外在一樣，難道我們不應該也朝內在自我探索嗎？如果我們刻意挑戰內心的種種謎團，會發生什麼後果？事實上，我們會創造出奇想。人的內心裡充滿了各種不可思議的謎，難以用日常生活裡的常識來闡述，當我們刻意探索時，奇想於焉而生。但別忘了，這些奇想固然和科學研究不一樣，卻必須其來有自。如果我們探索內心時，切斷了自己跟外在的連結，那麼就好比潛水員切斷了綁在身上跟船之間的繫繩一樣，會招來嚴重淆亂。

催生奇想時，一定要探索內在的**現實**一面，如果完全憑靠自己的發想或想像去創作，這樣的故事不管再浩瀚、再悠長，也只是「憑空捏造的空話」而已。對於想讓大腦活絡一下的人來講，或許是不錯的娛樂，可是正如我先前所講，這樣的故事不足以支撐一個人的存在。

創作出《愛麗絲夢遊仙境》（*Alice's Adventures in Wonderland*）這部奇想故事先驅的道奇森（譯按：Charles L. Dodgson, 1832-1898，筆名路易斯・卡羅）是數學家。這部作品的日文書名《ふしぎ国のアリス》中就用了「ふしぎ」（不可思議）這個字眼。

聽說當時維多利亞女皇讀了這個故事後覺得太有趣了，很想再看同一位作者寫的書，於是道奇森聽說後，便寫了一本數學讀物《行列式》呈上去，讓女皇吃了一驚。對道奇森來講，不管是《愛麗絲夢遊仙境》或《行列式》應該都是他耗費心血的作品吧。

04「我」之不可思議

要說不可思議，這世上應該沒有什麼比「我」居然存在這世上更不可思議了吧，又不是自己要求的，也不是自己這麼期待，可是一回神的時候，「我」這個人已經存在了。甚至連名字、性別、國籍、貧富程度等等大部分的人生大事，都已經被決定。就算覺得這實在太離譜、氣得牙癢癢也沒用。只能接納「我」這個人的存在，以「我」的身分好好活過這個人生。

「我」是什麼？

「我」，到底是什麼呢？這個問題對人來講應該是最不可思議的疑問了。某種程度上，我們必須要接納「我」就是這個「不可思議的存在」，否則無法好好生活。我們觀察孩子出生後的變化，會發現隨著年齡增長，孩子逐漸出現「自我意識」。到了兩歲左右，已會清楚表示「**我**要自己做」又或者「**我**不要」。這代表孩子已經在某種程度上意識到了自我的存在，他們發現，「我」是相對於「外界」的。

於是孩子漸漸清楚意識到了「自我」。那麼「自我」是什麼呢？他這時會對「我」有比較強烈的疑惑，也會感受到「我」與其他事物的截然迥異。孩子出現這種感受的時期，約在十歲左右，我們也看到，大部分兒童文學名著都以十歲左右的孩童為主角。

菲利帕・皮亞斯（譯按：Philippa Pearce, 1920-2006，英國兒童文學家，以《湯姆的午夜花園》獲頒卡內基兒童文學獎）的作品《幻想的小狗》（*A Dog So Small*）[4]裡，主角小班在生日那天一大早就醒來了。生日是一個讓人感受到「我」的日子。

4 《幻想的小狗》，菲利帕・皮亞斯著，豬熊葉子譯，岩波書店出版，一九八九年。

祖父母送的小狗圖（安東尼・梅蘭繪《幻想的小狗》岩波書店）

雖然一年裡頭還有很多其他紀念日，但唯有生日這一天是屬於我自己一個人的，其他都是跟大家一起的。我小時候，日本人還不時興過生日，當時大家都不覺得身為壽星的「我」，會在生日那天多一歲；依照大家的觀念，大年初一那一天，每個人會一起增壽，所以過年是個很重要的日子。隨著個人主義盛行，這種想法已經落伍了，社會開始重視每一個人的慶生，這是受到歐美影響所致。

那一天，小班之所以比以往更興奮地迎接生日，是因為他知道祖父母會送他一隻狗當生日禮物。「我自己的狗」——這成為支撐「我」存在的一個重要因素。很可惜地，因為種種原因祖父母不能送給他小狗了，小班非常失望。

大人們拚命安慰他，可是不管怎麼說，小班還是傷心不已，這讓大人很生氣，罵他「不要因為一條狗就鬧成這樣！」可是大人們並沒有意識到，這件事等於完全否定掉小班這個男孩子的存在。於是小班陷入了非常危險的心境。這種時候，孩子可能會生病或出意外而死，這部作品在這方面描寫得非常傳神。

就在小班自我的存在亮起紅燈的時候，他的「心」送給了他一隻「幻想的小狗」，把他從緊要關頭拉了回來。那時候小班已經連自己到底算什麼、是否還活著都搞不清楚了，而他的「心」就在這時候，送給他一隻「幻想的小狗」，說「只要跟這隻狗做朋友，你就沒問題了」、「去了解牠吧，你就會了解你自己」。「故事」從此誕生，而小男孩小班也獲得了成長。詳細內容請務必閱讀原作。

靈魂之不可思議

這時候突然跑出「心」這個詞，有些人可能很訝異，可是當我們探索「自我」這個存在的不可思議時，無可避免必須探索「心靈」的不可思議。我知道這世上有很多人一點也不覺得「我」的存在有什麼好奇怪的，這是事實，而對這些人來講，心靈什麼的恐怕毫無意義。人生活法千方百種，並不一定哪種比較好。可是我覺得這樣有點可惜，就像我們每天吃東西的時候只一心想把食物換算成營養價值，從來沒在意過食物吃起來的滋味一樣。

兒童文學對於這些忘了「自我」的奇妙、忘了心靈的人，在喚起他們思考上很有作用，這也是我為什麼喜歡兒童文學的原因。做為一個「成年人」，活著的確不容易，要賺錢、要往上爬，還得跟其他人和諧相處，這些都太花力氣了，於是我們成功時，會覺得好像成就了什麼似的而感到滿足。

可是那又如何呢？我們的靈魂會說：「所以呢，那很了不起嗎？」這些聲音，小孩子聽得特別清楚，而「靈魂」的真實樣貌，孩子也看得特別剔透。兒童文學裡充滿了這樣清靈的孩童五感所捕捉到的世界，因此我希望無論大人、小孩都要來閱讀兒童文學。

「靈魂」這種東西，我們沒辦法直接為它下定義，但我想我們可以這樣想，死後我們可以帶著靈魂去**那個世界**。「賣火柴的小女孩」帶去那個世界的，跟擁有巨富、盛名與權勢的人帶去那個世界的，有什麼不一樣嗎？這年頭，或許後者可以在死後得到一個**聽起來很威**的法號，但讓我們想想，當那個人死後站在閻羅王前面，報出了自己那威風凜凜的法號後，閻羅王身旁的小鬼問，「所以呢？那很厲害嗎？」這光想就覺得太妙了！

靈魂這種東西，我們也不知道它到底存不存在。可是當我們相信它存在的時候，我們莫名感到好恐懼、也覺得很奇妙，人生不曉得因此而多豐富多少倍。當然這也不光是只有好處，稍有偏岔，原本平順的人生很可能因此走調。我們不能忘了有這樣的風險。試想，萬一愛麗絲不從仙境回來了，那可怎麼好？

「我」的故事

我已經講過了人生中的不可思議，以及接納這些不可思議時所產生的故事，會對我們人生帶來多大的力量。從前，這些力量是由部落或民族等人類群體透過共享神話的方式所提供，而如今這在某種程度上依然是事實。所有宗教都提供了足以產生故事的基礎。

然而，如今在個人主義的抬頭下，社會某種程度上已肯定了屬於個人的生活方式，難道我們不需要擁有一個適合自己的故事或者去編一個出來嗎？但並不是每個人都有創作故事的才能，因此我們需要從別人編織的故事裡，去尋找適合自己的、類似自己境況的故事。這些有時候是古老神話，有時候是現代作家的兒童文學創作，然而應該沒有任何一部作品會**完全吻合**我們自己的情況吧？考量到我們每個人都是這世上獨一無二的存在，我們就知道為什麼了。然而也要想想，身為一個人，我們是如何與這世上其他人共享自我的存在，那麼我們就會理解，這世上大多數人都擁有一些共通的重要故事。

於是我們會發現，當我們活著時、當我們面對死亡時，這一生早已成為這世上僅此唯一的一個「故事」了。「我」這個存在所擁有的種種不可思議，也已經統統被含納在同一個故事裡。

因此，如果能去接觸更多的「不可思議」的故事，我們不是可以活得更豐富、更有意思嗎？接下來，從第二章到第四章，就讓我們來看看有些什麼樣的故事吧。

第二章

自然之不可思議

01 孩童與自然

大自然充滿了各種不可思議的現象。尤其對孩子來講，一些大人習以為常的事情，看在他們眼裡、聽在他們耳裡，全都叫他們驚訝得無以復加。大自然帶給了孩子許多體驗，而孩子也在這些體驗中學習，其中摻雜了各式各樣的情感，於是孩子也得以體會到萬千豐富的感受。

「大自然」這樁事，說起來只有三個字，但講起來並不簡單。如果要談得深入一點，就得占用很多篇幅，在此請容我省略吧。簡單來說，人是大自然的一部分，也在大自然裡生活，但有時候人也自外於大自然，以超然的角度觀察與支配自然。當然也有些時候，人並沒有意識到這些，在介於兩者之間的地帶生活。對人來講，無論是身為大自然的成員，或是站在超然的角度觀察自然，都是很重要的事，而小孩子無論對哪一種都很擅長。

自然學習

雖然有點不好意思，但我想舉自己家人為例。我哥哥河合雅雄所寫的《少年動物誌》[1]裡，就生動描寫出了小孩如何向大自然學習的情形，我在此僅引用他〈寫於書後〉中的一小段。

我想支持我成長的重心，是小時候跟大自然的親密關係。我雖然沒去上學，可是一點也不痛苦，我到現在也從不後悔自己那時候完全沒好好念書。

雖然我從學校裡學到的不多，但我從自然裡學到了很多。重要的事情雖然沒有人教我，可是我自己會學，這種自然而然獨立學習的習慣，

1 《少年動物誌》，河合雅雄著，福音館書店，一九七六年。

直到我長大後還很受用。

我想這段文字非常有意思。字裡行間同時提到了他在孩提時候是如何從「**自然**」中學到很多，以及雖然沒有人教卻「**自然**而然」獨立學習，巧妙地把關於「自然」這個字的兩種用法編織在一起。我想，我們如果能從這兩種面向去解讀本章節的標題〈自然學習〉，應該會很有意思。最近的小孩子都太常被大人「**不自然**」地教導，以致他們不會**自然**而然地學習，等到上了大學，不得已要靠自己學習的時候，感覺很痛苦。我想我們還是要明白，教育的根本絕對在於「自然學習」。

就像引文裡所說的，河合雅雄小時候真的沒去上學，因為他身體不好，一天到晚生病。他說他「完全沒有好好念書」也是事實，可是因為他會自己學，長大後還是成為一位出色的學者。

同樣也是學者的知名生物學家日高敏隆，也曾經沒去學校，但並非因為身體不好，如果以我們現在的話來說，就是「拒絕上學的小孩」。由於當時軍國主義盛行，日高小時候很討厭學校像軍隊一樣，於是他小學三年級時就不去學校了。我曾經在座談會上問過他後來為什麼又重回校園，他講的理由很有趣2，不過在此我們先略過不提。總之他也是一位「自然而然」獨立學習的孩子，由於他很喜歡蟲，抓了很多。不過他比較喜歡「看」而不是「採集」，特別是喜歡看「埋葬蟲」聚集在腐屍旁的樣子，一看到死貓死狗便坐在旁邊，喜孜孜地一直觀察各種蟲「聞屍而來」的盛況。以日高敏隆的情況來說，自然而然獨立向學的態度，也對他長大後的研究生涯發揮了很大助力。

愉快的自然

小孩子親近自然，覺得開心快樂，這樣不是很好嗎？我們體驗到新事

2 《當你還小的時候——心靈原始風景》，河合隼雄著，講談社＋α文庫，一九九五年。

物，覺得自己又成長了一些，變得更有層次的時候，會覺得好有趣唷。而當我們覺得「有趣」的時候，會覺得好像有什麼新東西流進體內一樣，感覺人生更開闊了。小孩子所體驗到的，可以說正是這樣的感覺。

對孩子而言，看見蝴蝶飛、花兒開，什麼事情都會讓他們覺得很「有趣」。這些都會帶給他們新經驗、新發現，但這時候性急的大人卻總是忍不住想「教」他們，反而會對孩子造成壓力，讓孩子柔軟的心蜷縮成一團，原本正在享受的快樂也被大人給毀了。當然如果小朋友本身有求知慾望的話，這時候大人去呼應、教導他，便會帶來好效果，因為孩子本身是愉快地在學習的。而要讓小孩產生這種歡喜求知的心情，首先大人要懂得放手讓孩子自由。

「愉快」裡面總是混雜著痛苦與恐懼，我們人生裡很少有什麼事是純粹快樂的，但這一切都要讓孩子自己從經驗裡學會。在草原奔跑，可能會被芒草割傷手腳、碰到蛇、遇到蜜蜂，然而正是這些恐懼與苦痛，把「愉快」襯托得更為鮮明、更立體。最棒的是，這一切都是孩子自主體驗而學習到的

「自然」經歷。

站在父母的角度，總會覺得如果讓小孩自己學習，實在太危險了，忍不住擔心這、擔心那。蛇太危險了！被蜜蜂咬了怎麼辦？萬一被大草原的枯枝刺傷了眼睛呢？一想到這些，便忍不住出聲阻止，「危險！」「快點停下來！」但是孩子如果沒有經歷風險，又怎麼會長大？正因為成長的過程中有苦有痛、有傷有悲，快樂才更顯得真實。身為父母親不應該奪走小孩的成長機會。

最近因為少子化，很多婦女的成長過程中並沒有兄弟的陪伴，因此婚後生了男孩，卻不曉得男生的成長情況，動不動就制止小孩「很危險！不要做！」對於母親來講，覺得這沒什麼，可是對孩子而言，卻像是一天到晚被人掐著脖子。有時候，我會建議這樣的母親閱讀前文提到的《少年動物誌》。有些人讀了後嘆道，「原來男生是這樣呀？」而改變對孩子的態度，也有人告訴我，她跟孩子一起喜歡上了這本書，母子間因而開始交流討論。

荒野裡的生物

接下來，我想介紹一下《少年動物誌》的少年如何接觸大自然的經歷。那是晚秋時節。

> 傍晚待在家裡時，我總是坐在窗邊，沉迷地看著天色從黃昏過渡到夜晚的微妙變化。中秋過後，灰椋鳥便成群翱翔在清透的天空中，像把天上剪出一片細膩的剪紙圖案一樣。羅列成群的黑影，在冷冽天空中悄然無聲地盤旋占據，給傍晚披上了一層幻想的迷濛。

灰椋鳥的確是成群結隊、織羅成網地飛舞在天空中，光這樣就讓人感受到了大自然的「奇特」。更奇特的是躲在草叢裡，有事沒事就嘰嘰喳喳的鳥叫聲，一到了夜幕低垂便戛然而止，闃寂無聲。作者「我」的弟弟道男覺得很奇怪，灰椋鳥晚上到底都在幹嘛呢？

「我」說，當然在睡覺呀。可是因為實在太安靜了，「我」跟弟弟決定去探探。但夜色愈來愈深，我們兩人心臟噗通噗通地走向荒野裡探險。忽然間，「喀嗤」一聲，不知道是踩到了蝸牛還什麼的，或是巫婆要出現了？我們兩人的腳步愈來愈沉重，回神過來的時候已經「緊緊靠在一起，手緊抓著竹棍杵著不動了」。最後兩人又鼓起了勇氣，正要跨出腳步的時候，忽然又聽見「啪颼、啪颼」的拍翅聲，大鳥「追咿──追咿──」地叫。

「是夜鷹！」我們嚇死了。小孩子堅信夜鷹是一種可怕的大鳥，會突然俯衝下來咬掉小孩的喉嚨。傍晚大家在外面玩時，只要聽見夜鷹的聲音，就趕快衝回家。「我」跟弟弟拚了命地往外面跑，終於逃出荒野回到家中。「可是夜鷹到底躲在那裡呢？難道一照到夜色就融化，等到天色白了，照到了陽光後才又重生，重新凝結成那種黑嘛嘛的樣子？真是太奇怪了！」

真的很奇怪呢。兩個人的探險雖然功虧一簣，但至少鬆了口氣。

「好險沒被夜鷹追上。」

道男說著說著搔了搔喉頭。我也跟著覺得喉頭很癢，雙手掐著自己脖子，「追咿——追咿——」地叫。

「不要嚇人啦！」

道男一說完後，兩人同時放聲大笑，「追咿——追咿——」地喊了開來，在昏暗的田裡繞著圈子跑，像小狗一樣。

這兩個兄弟經驗到了恐懼，但也體會到了難以言喻的樂趣。兩兄弟為了抒發這種激動，才會「追咿—追咿—地喊了開來……繞著圈子跑，像小狗一樣」。兩個小男生親身經歷了快樂以及快樂背後所存在的恐怖，銘記在心。這種「學習」有可能由大人提供嗎？

小孩子會自己學習雖然很棒，但大人也不能用這當藉口放任孩子不管，因為被大人拋下的孩子只會覺得不安、驚惶，根本來不及嚐到「自由」的美好。孩子必須要在大人的守護下才得以自由，請各位千萬別忘了這點。

接著在《少年動物誌》裡的〈荒野裡的生物〉中，還透露了一段流露出

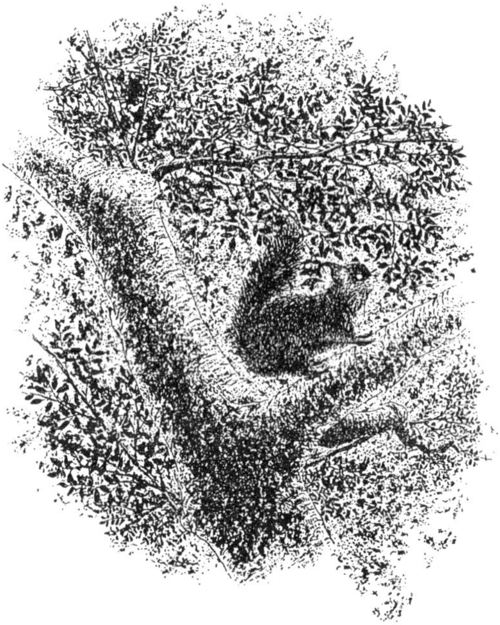

飛鼠（白頰鼯鼠）（《少年動物誌》平山英三繪，福音館書店）

父子關係的小故事。

「我」家後面的荒野裡，最可怕的動物就是「飛鼠」（白頰鼯鼠）了。不但叫聲淒厲，聽說還會吃嬰兒呢！這種事小孩子最害怕。

某一晚，「我」亂發脾氣又哭又鬧，父親很生氣地一把將「我」抱起，扔進馬屋旁的倉庫。「我」被陰暗的黑夜跟飛鼠的聲音嚇得抱頭直發抖。

忽然門外傳來了奇怪的聲音。

「唏——唏——」

那是什麼？我趕緊豎起耳朵，想聽清楚，結果發現那是父親在門外小便。我差點失笑出聲，實在太詭異了，我揉揉哭腫的眼皮，嘴角忍不住上揚，心底哭笑不得。一股微微的暖流在心窩裡漫開。這麼冷寒的夜晚，父親居然沒有回去房子裡，還在外頭守護我。

正因為是在父母守護之下的自由，孩子才得以**自然**學習。

閱讀這回事

在外頭野的小孩與在家裡看書的小孩，哪種才是現代父母心中的「好孩子」呢？我想這大概很難一語論斷，應該會隨著時代而有所調整。對現代父母來講，大概在家裡看書的才是好孩子吧？不過在過去，會在外頭鬼混的才是「元氣充沛的好孩子」，至於在家裡看書的，個性就太「龜縮軟弱」了。

說實話，我是屬於「龜縮軟弱」的這種孩子。我喜歡待在家裡看書，不喜歡出門。我還記得當時手上捧著書，心底總覺得自己好像做錯了什麼。有一個寒假的某天，我鑽進了暖桌裡，正打算好好享受《少年俱樂部》雜誌增刊號的時候，外頭大雪愈積愈深了。老哥一聲令下，「去打雪戰！」我不得已只好出門。我心底千百個不情願，外頭冷得要死，我一點也不想放下心愛的書，可是我不敢反抗老哥，於是在這樣怯弱的心情下勉強配合。

一旦玩了起來就很好玩。我們家幾個兄弟，真的是很能夠享受大自然，而且大的會照顧小的，像打雪戰什麼不是有很多規矩嗎？可是大家都讓我，譬如被打中三球便死的規則，用在我身上則增加到四球。哥哥們會這樣子在各方面讓我一點。於是我也跟著叫叫跳跳，寒氣全都消散了，覺得還好自己有出門。就像這樣在兄長的關照下，我得以在大自然中盡情學習。

假使當時我沒出門，一天到晚老關在家裡念書，現在大概已是讀過很多書的大學者了吧？但我大概也不會變得這麼有趣。我並不是叫大家別念書，否則就不會寫這種書勸大家多接觸兒童文學了。不用說，這兩種態度都很重要。

02 與自然同在

我們在《少年動物誌》裡看到了小男孩如何接觸大自然，接下來讓我們來看看另一本完全不同寫法的名著——亞瑟．蘭塞姆（Arthur Ransome, 1884-1967）的《燕子號與亞馬遜號》（*Swallows and Amazons*）[3]。蘭塞姆是英國兒童文學家，一九三〇年他四十六歲時出版了處女作《燕子號與亞馬遜號》，深受孩子們喜愛，於是又陸陸續續寫下續集，包括最後一本《大北方》（*Great Northern?*）在內共有十二本。

《燕子號與亞馬遜號》書中也有一個喜愛自然、在大自然中學習的小男孩。不過我想大家應該都會注意到，這本書中所描述的小男生與《少年動物誌》裡的小男生在面對大自然時的態度，截然不同。相較於後者那樣融入於大自然之中，前者的小男生卻比較像是把大自然視為「對象物」，去享受它並試圖去掌控它。這兩者當然沒辦法簡單說誰好誰壞，可是我們必須注意到兩者的截然不同。

帆船

《燕子號與亞馬遜號》裡有個很重要的角色——帆船。作者選擇了帆船而不是動力船的這個決定很重要，也就是說，他選擇讓小孩子依賴「風」而不是「馬達」等等機器。這是個很棒的設定。剛剛我也說過，《燕子號與亞馬遜號》裡的小朋友跟日本童書裡會出現的小孩不一樣，《燕子號與亞馬遜號》裡的小孩試圖「掌控」自然。不過我在此所說的「掌控」並不是完全操控自然，讓自然照著人類的心意走，而是遵循自然法則，在這個前提下去應用大

3 《燕子號與亞馬遜號》，亞瑟．蘭塞姆著，貴州人民出版社，二〇一三年。

自然的好處。掌控中帶有一份珍惜與遵循自然法則的心情，但同時也有一種能理解大自然並加以應用才是明智之舉的態度。而不是跟大自然「融合」。

《燕子號與亞馬遜號》從一開頭，就寫得很有這個故事的個性。

> 羅傑一下子左、一下子右地呈Z字型，從湖畔衝往通向霍利豪農場的那一片陡急斜坡。他已經七歲了，不再是個小老么。霍利豪農場是他們每年暑假一定會去待上幾天的地方。這一天，羅傑先衝往小徑邊緣的緣圍籬，接著轉頭衝向反方向的緣圍籬，衝到圍籬邊後，又掉頭斜斜奔過草原。

讀到這裡，我彷彿像看見了電影一樣的畫面。一個好可愛的小男孩正全速衝過草原，臉上完全一股「已經七歲了，不再是個小老么」的神情。可是他母親「正在農場門口很有耐性地等他」，為什麼羅傑不趕快跑過去，而要呈Z字型地斜衝呢？答案很快就揭曉，因為「羅傑此刻正化身成運輸茶葉的快速帆船卡蒂薩克號（譯按：Cutty Sark，世界現存最古老帆船），所以他不能筆直地破風前進」。

如果是蒸汽船就能筆直前進，但那一天早上羅傑的哥哥強說，「蒸汽船那種東西就像是在一個錫箱裡放進馬達啦！」所以不可以開蒸汽船，一定要帆船才可以，因此羅傑特意採取這種**迎風斜行**的航行方式。

這本書寫於一九三〇年，當時蒸汽船跟帆船並存，可是兩者實力相差懸殊，很快地帆船就從市場上消失了。這個事實，羅傑一家人當然不可能不知道，可是他們還是非帆船不開，為什麼呢？

適者生存的原理

羅傑跟強當然想開帆船了，因為他們父親正是在帆船上跑船的水手，此刻人正乘著大帆船到了馬爾他島一帶。強、蘇珊、娣娣跟羅傑這幾個孩子已經事先學會了父親留在霍利豪那艘小帆船的操縱方法，想趁著暑假來這裡開著小船到湖心的小島過一夜。可是母親很擔心，不知道該不該讓七歲的羅傑跟其他孩子這樣冒險。於是母親很快寫了信去問父親意見，而羅傑等幾個小孩也隨即跟著寫信去拜託父親。大家正在等待父親回信。

究竟父親會說好還不好？就像我前面所引用的一樣，正當羅傑歪歪斜斜而不是筆直跑向母親的時候，母親已經接到了父親的回信。回信裡寫著：

笨手笨腳的話等著溺水

羅傑一下子會不過意來，不過他母親說那是「好」的意思。可是哥哥強一看就懂了，跟弟弟妹妹們解釋那是父親敷衍他們的意思，「他覺得我們全都學不會啦！」

父親在這個故事裡頭其實連一次都沒有現身，因為他人正在遙遠的大海上航行，可是我們卻不難從故事中感受到他對孩子來說有多重要。相較之下，有些父親明明在家，孩子卻完全無法感受到他的**存在**。就這一點來說，這個故事完全讓我們感受到了，這幾個孩子之所以有辦法享受探險的自由，正是因為他們擁有父母雙方健全的守護。

父親覺得若能學會在大自然中存活，無疑是件好事。因為如果不善於操縱帆船，帆船就不可能往自己想去的方向航行，若有差錯還可能深陷險境。畢竟人無法預測風向的轉變，大自然瞬息萬變，可是只要我們理解大自然的神奇並且善於借力使力，就可以活得更自在，享受大自然的美好。這裡頭，充滿了適者生存的原理。如果想在現代社會裡生存，就得擁有這些能力。

我們從這幾個孩子身上，也完全看到了父性原理的顯現。

船長——強・沃克

高級水手——蘇珊・沃克

普通水手——娣娣・沃克

雜役——羅傑

階級分得很清楚，無論什麼事，羅傑都不能只回答「哦」，一定要正式回答他哥哥姊姊們「是！」表現得像個水手。

有個情節充分展現了「適者生存」原理在這幾個孩子身上的作用：有一次，有人誣賴強是「騙子」，強非常生氣。這個故事裡，孩子們把某個獨居在頂棚小船裡的人稱呼為「弗林特船長」，這個名字來自於《金銀島》（*Treasure Island*）。弗林特船長是個怪人，有一次他誤會強說謊之後，就開始叫他「騙子」。強非常憤怒，可是因為對方是大人，只好忍下來，但心中非常氣憤。

後來誤會澄清了，弗林特船長大方地向強道歉。「是我不好，不應該亂說你是騙子。你願意跟我握手言和嗎？」強緊緊握住了弗林特船長伸出來的手，兩個人成了好朋友。

我想弗林特船長願意當面跟強道歉，這當然很了不起，可是強勇於跟犯錯的大人對抗更是傑出。試想，日本有幾個小孩子敢這麼做呢？當然這其中牽涉到了文化差異，不過我相信正是因為強等人是在嚴謹的、強調適者生存的環境中成長，所以他們才有辦法獨自開船到無人島上露營，享受大自然的美好，並在大自然中學習。

地圖

翻開《燕子號與亞馬遜號》書封，內面是一張地圖。這張地圖實在太有趣了，正中央畫了他們的帆船「燕子號」航行的湖泊，以及停泊的港口霍利豪港，還畫了鯊魚灣、山貓島跟長島等等他們自己取的名字。這份地圖有別於一般地圖的是，東方朝上、南方向右，湖泊的南邊標示成了「南極」，北邊（左邊）則標示成「北極」。在北極的旁邊，還特意寫上了「未探查」的字眼。湖泊南邊靠近南極的東側土地上則住了「野蠻人」。就這樣，孩子們在這片屬於他們的廣大「世界」裡活動。這就是大自然的神奇之處。它可以配合孩子的心智變化樣貌。在孩子的眼中，湖泊就相當於「世界」，一如地球。「地圖」真是種讓小孩為之瘋狂、大人也為之沉迷的存在。我到現在還記得我小時候讀的史蒂文森（Robert L. Stevenson, 1850-1894，蘇格蘭作家）的《金銀島》裡那張地圖。我對著那地圖，不知道幻想過了多少次，地圖裡的景色、基德船長的港灣、望遠鏡山等等。描繪在地圖上的島嶼真實存在我心中，不過只是一份地圖而已，便能引人浮想連翩。

我自己也想像了一份屬於我的「祕島圖」，而且還畫了出來。我甚至把跟兄弟們時常去玩的山區河畔都給畫成了地圖。我們家幾個都是男的，兄弟們把每個地方都取了名字。就在這樣的過程中，我們覺得身邊的自然變得更親近了，也架構出了屬於自己的世界。

回到《燕子號與亞馬遜號》的故事。強幾個人的**世界**裡，突然出現了入侵者，是兩個小女生！這兩個女孩開著帆船，毫不客氣的在湖泊中探索。這對他們來講，可是件了不起的大事！兩個女孩在「亞馬遜河」畔有自己的船屋，開著「亞馬遜號」。這麼一來，燕子號跟亞馬遜號免不了要短兵相接，爭奪湖泊世界的主導權了。前面所提的弗林特船長也介入了這場紛爭，故事發展得精采刺激，欲知詳情，就要請讀者自己去看書了，我們在此還是專注於討論孩子與大自然的關係。

暴風雨

孩子們在暑假期間充分享受了在湖泊「世界」裡航海的樂趣，「天氣也向燕子號跟亞馬遜號的成員展現出歡顏」。一群小朋友不打不相識，變成了好友，最後一天把帳篷搭在一起，享受最後一晚的露營。但就在最後一天，天氣忽然轉變，太陽下山時空氣裡忽然傳來了一股暴風雨前的氣息。

「暴風雨伴隨著轟隆巨響的雷鳴，破空襲來，把帳篷都震動了。」不過這時候還沒下雨，於是亞馬遜號的南西跟佩姬趕緊把柴薪搬進來，因為她們想起之前露營時的慘痛經驗。那一次，柴薪都被大雨打溼了，根本沒辦法生火。風雨來襲時，羅傑跟船長強待在同一頂帳篷裡，雷聲讓他做了一個炮擊的夢。當他醒來時，四周濛暗一片，他趕緊大喊「強！」強安慰他說，「沒關係」，「只是打雷而已」。

雷聲轟轟，風雨愈來愈大，不趕緊把衣服穿上不行了。帳篷裡已經開始進水。

燕子號的帳篷懸掛綁在兩棵大樹之間的纜繩下，篷腳則用大石塊壓著。兩棵大樹隨著風雨左飄右搖，纜繩也跟著一下子緊、一下子鬆，待在船長的帳篷裡，已聽見外頭大石塊喀、喀搖動的聲音。

狂風暴雨愈來愈不留情，忽然「啪！」地一聲，蘇珊跟娣娣那頂帳篷的吊繩斷了！兩個人趕緊從垮掉的帳篷裡爬出來，躲進亞馬遜號成員的帳篷裡避難。氣壓計的指針一路下降，亞馬遜帳篷裡總共躲了六個小朋友。有好長一段時間，大家坐在帳篷裡聽著外頭的風吹雨打，忽然有人想起了帆船！年紀大的趕緊冒雨出去檢查，還好帆船沒什麼事。

這段經歷真是驚心動魄。孩子們在暴風雨來臨前，還把湖泊當成自己家一樣隨處遛達，但暴風雨一來，他們肯定認知到了大自然的恐怖。這是好事

燕子號與亞馬遜號（《燕子號與亞馬遜號》郎森繪，岩波書店）

一樁。因為帆船雖然可以操縱，大自然卻無法操縱。這場經驗肯定讓孩子學習到了這件事。在假期最後一天來訪的風雨，肯定帶給了孩子絕佳的成長經驗。

隔天母親來探視的時候，提到了大人之間的談話。「你爸爸好像覺得你們已經長大了，但媽媽有時候很懷疑呢。」聽得強困窘地喊媽媽！

一個人覺得孩子們已經讓人放心了，但另一個人不覺得。兩人之間雖然存在認知差異，但都願意給予孩子絕對的自由，因而孩子才能在這自由中，體會到大自然的神奇難測。

再提一件事。我家有一整套的亞瑟・蘭塞姆全集。以前我的孩子讀了《燕子號與亞馬遜號》後，很想要趕快把整套書都給讀完，但我們堅持要等生日之類的日子時才買。就這樣一本、兩本，慢慢湊齊了。這一套書在我家孩子的成長過程中，帶給了他們很大的心靈依靠，當初如果我一口氣把一整套給買下來，我的孩子還會那麼仔細地一本本讀完嗎？我並不想從孩子那裡奪走那種很期待什麼，一直等一直等，才終於等到的興奮與喜悅。

03 大自然中的「居民」

自然界裡存在著萬物，我們人類總是這麼說。而這麼說的我們，本身也是這大自然的一員。我們住在大自然裡，同時也是違反自然卻能存活下來的特例。因此我們總是視情況調整自己與其他自然界裡居民的距離。譬如以狗狗來說，我們把家裡的寵物狗當成家人、甚至是比家人更親的存在，但對於外頭的野狗有時候卻毫不在乎，甚至不把牠們當成生物。不只是對於動物，人類對植物也懷抱各式各樣的情感，有些人覺得它們也是大自然中的「居民」，但有些人只覺得它們是一種「東西」而已。小孩子有時候也會把無生物當成大自然界裡的「居民」來看待。孩子的內在欣欣向榮、不斷擴張，與此呼應的外在世界，也充滿了不可思議的生命。既然同住在大自然裡，這些居民當然也跟人類一樣會交談、會生氣、會哭泣。這是個如此「不可思議」的世界，又是個如此「理所當然」的世界。兒童文學名家就很擅長鋪陳這樣的天地。

幼兒期體驗

前面提到的《少年動物誌》跟《燕子號與亞馬遜號》，都讓人覺得應該是以作者小時候的生活背景寫成。而我現在要提的這本愛麗森・鄂特麗（Alison Uttley, 1884-1976，英國兒童文學家）的《小灰兔》（*Grey Rabbit*）4，更令人覺得寫的應該是作者更幼年時的體驗。在這本書裡活躍的有小灰兔、松鼠跟野兔等等大自然界「居民」。他們雖然不是人類，卻過著與人無異的生活。書中對於大自然的描寫，有些更靈動得令人覺得絕對是出自於小朋友的親身體驗。

根據日文版譯者石井桃子在〈後記〉中所說，愛麗森・鄂特麗出生於偏僻的英國鄉間，「家裡是幢被包圍在『陰暗森林』裡的古老石造的農家。愛麗絲（愛麗森本名）與父母、一位弟弟、幫忙農作的男工跟女傭生活在一起，日子就在完全與外界隔絕的情況下，每天泡在大自然裡度過了童年時期。」到了七歲後，她開始走很遠的路去上學，那一段路對她來講，無異是個大冒險。「上下學時一定要經過的森林之美好與充滿驚奇，也在她心頭上印下了深刻的印象」。《小灰兔》裡有一段〈野兔的大冒險〉，如此描繪野兔踏入森林時的眼前所見：

忽然間，野兔四周變得涼爽了起來。粗如木柱的大樹幹，在牠頭頂上往四周伸張枝椏，像一片綠色屋頂一樣。滾落在一旁的岩塊上頭，覆蓋著好軟好軟的青苔，生長在山徑旁的越橘綻放著寶石般的粉紅花朵。陽光從編織如蕾絲般的枝椏間灑落，把野兔身上的毛跟藍色上衣都染成了斑斕的黃。空氣冰涼得一如野泉，好舒服唷、好清爽。

這應該完全是作者本人童年時在森林裡的體驗吧？

4 《小灰兔》，愛麗森．鄂特麗著，石井桃子、中川李枝子譯，岩波少年文庫，一九九五年。

童年時期的經驗鮮明地留在記憶裡，從中綻放出了如此美好的故事，也閃耀出作者的义思光采。

小英雄

對年紀小的讀者來說，故事裡的「善」、「惡」分明很重要，而且教訓壞人的英雄，時常都是一些比較弱小的生物。這大概是因為這種設定，比較容易讓年幼讀者把自己投射到主角身上吧。

故事中的小灰兔跟野兔、松鼠住在一起，野兔是個自戀狂，松鼠則是個暴躁的傢伙，不過小灰兔總是對牠們很溫柔、很照顧牠們。

有一回，小灰兔想種紅蘿蔔，但不知道該如何進行是好。住在森林裡的聰明貓頭鷹就叫牠去村子邊角上那家老婆婆開的雜貨店裡，把種籽偷出來。說完後還把小灰兔的尾巴叼走了，當成教牠的報酬。在這個故事裡，開雜貨店的是人類，而人類與動物的世界並存則是這故事的特徵。更有意思的是，故事裡的「好人」小灰兔居然被允許去人類的店裡偷東西耶！或許愛麗森．鄂特麗所成長的農村，對於小孩子的道德約束比較寬鬆吧。有些壞事可以允許小孩子做，但有些壞事絕不能姑息。

在小灰兔的故事裡，鼬鼠是絕對的大壞蛋，殺了很多兔子。有一天小灰兔出門後鼬鼠把野兔跟松鼠抓走了，關進袋子裡抓回家。還好小灰兔發揮了機智，把鼬鼠狠狠修理一頓，最後鼬鼠被塞進了烤爐，牠應該是被燒死了吧。這讓人不禁聯想到了格林童話的《糖果屋》（*Hansel and Gretel*）。這些童話故事裡，壞蛋最後一定會受到嚴厲懲罰。

被救出來後，野兔跟松鼠向小灰兔道歉，「對不起，我們以前錯了，以後一定不會再亂發脾氣了，我們會對你很好。」三個小動物和好如初，接下來的情節發展非常愉快，請讀者朋友自己去看書，我就不剝奪各位的閱讀樂趣了。我相信小朋友在閱讀這樣的故事時，一定會把自己投射到故事裡的小動物身上，有時候甚至還會站在遠一點的角度，觀察與思考自己在大自然裡所扮演的角色。

小灰兔與野兔、松鼠（《小灰兔》菲斯 · 傑克斯繪，岩波少年文庫）

柳林中的風聲

肯尼斯・葛拉罕（Kenneth Grahame, 1859-1932，英國作家）的《柳林中的風聲》（*The Wind in the Willows*）[5]中也描繪了許多大自然裡的「居民」，不過這本書裡的角色跟《小灰兔》的主角們在性格上不太一樣，我想可能因為這本書的讀者年齡層比較大一些。如同許多名著，《柳林中的風聲》原本也是作者講給自己兒子聽的故事，而他兒子那時候大概是幾歲呢？很可能是八歲左右吧。

書中也附了地圖，地圖正中央蜿蜒流過正是故事中的主要場景「小河」，另外還標示了鼴鼠、老鼠、水獺跟獾的「家」，不過沒有畫出房子。理由很簡單，因為牠們都住在地洞裡。可是蛤蟆先生的家卻特別畫了出來，是一棟很氣派的房子，由此可見蛤蟆在這故事裡頭是個特別的角色。

故事從春天來臨時，鼴鼠走出了地洞的時候開始。鼴鼠在春日暖陽下歡快地奔跑，跑呀跑，就跑到了河邊。

> 就這樣漫無目的地，居然就來到了河水飽滿的水邊。鼴鼠覺得自己有生以來沒這麼滿足過。從出生以來，牠連一次都沒看過這樣閃閃發光、蜿蜒流動、充沛躍動的生命。牠連一次都沒看過河。河水好像在追

5 《柳林中的風聲》，肯尼斯·葛拉罕著，國語日報，二〇一〇年。

趕什麼一樣，咿呼、咿呼地笑著，忽然咕嚕了一聲，好像抓到什麼，但轉眼又笑開懷地放手，趕著去追另一樣東西玩了。

在此處，河流也是一種生物。

整條河都在躍動、顫抖——閃閃發亮、潺潺流動，有時輕聲細語，有時水流湍急打旋、激起水泡。

在大人眼裡，河流只是在流動而已，沒什麼好稀奇的，可是第一次看見河流的鼴鼠卻覺得這條河充滿了生命的律動。我相信作者肯尼斯一定是沒有喪失「童心」的人，才能夠在成年後還寫得出這樣傳神的文章。

鼴鼠遇見了河鼠（水鼩），在河鼠力邀下，兩隻小動物一起乘舟野餐。在小舟上所見的沿河景致，完全就是「愉快的河邊」（譯按：本書日文版書名譯為《愉快的河邊》）。兩隻小動物隨著眼前景色流轉愈聊愈起興。第一次看見河，而且還乘舟而下的鼴鼠心情很激動，「原來……這就是河嗎？」而河鼠這麼回答：

對我來講，河就是我的兄弟、我的姊妹、嬸婆、朋友，它給我食物、給我水喝，（當然）也讓我在這兒洗衣服，所以呀，河流就是我的全世界。

的確，對於河鼠來講，河流就是牠的「世界」。可是我們從書中所附的地圖也可以看出，河畔還有許多牠沒有見過的地方。於是鼴鼠跟河鼠就像一般小朋友，一步步去體驗各種新奇經驗、一步步擴展自己的天地，逐漸踏向河畔的種種精采天地。

牧神

河鼠跟鼴鼠的經歷很有趣，不過很可惜地我在此只能割愛，僅介紹其中一段我印象最深刻的情節。

有一回，水獺寶寶不見了，河鼠跟鼴鼠半夜搭舟去找。夜晚的小河在月光下是那麼地美妙，但那份美好，我在此也只能跳過不提。夜晚的河流上，河鼠跟鼴鼠划著小舟，天就快亮了，忽然間河鼠豎起了耳朵，「好像聽見了什麼非常美妙的聲音，從沒聽過的聲音」。一開始鼴鼠還聽不見，可是後來「清妙歡愉的笛聲好像波浪般湧來，湧進了鼴鼠的耳裡，把牠的心都給迷醉了」。

兩隻小動物尋著笛聲上了小島，感覺前方好像有什麼偉大的存在一樣，心頭湧起一股敬畏，全身開始顫抖。笛聲停了，但牠們兩個好像受到了什麼命令一樣，繼續往前前進。

牠全身顫抖，好像被命令般怯生生地抬起了頭。大自然閃耀著異世界

河畔野餐（《柳林中的風聲》E.H.謝培德繪，岩波書店）

般的光采，屏息守護著眼前即將發生的一切。就在那一刻，鼴鼠從夜幕將褪的微煦晨光中，清楚看見了那動物的好朋友、救物主——牧神的臉龐。在一點點、一點點愈來愈亮的晨光中，看見了牧神頭上微彎的頭角、興味盎然看著牠們的溫柔眼神，以及雙眼間的威嚴鷹勾鼻、似笑非笑長著鬍子的嘴角，筋肉健碩的手腕擺在寬闊的胸膛上，那修長的手指間還捏著才剛離開唇角的排簫。長滿了毛的雙腿線條優美，毛茸茸的毛髮悠悠然垂到草地上。

在牧神的雙蹄間，正是那水獺的寶寶。鼴鼠吞了吞口水，囁囁地問河鼠，「怕不怕？」河鼠回答：

怕？你是說怕祂嗎？我怎麼會怕呢？祂有什麼好怕的呢？不過、不過、我……還是會怕呀！

兩隻小動物不由得低下了頭，那一瞬間，太陽忽焉從地平線上升起，燦眼的陽光把牠們照得眼睛都花了。就在那一秒間！牧神消失！兩隻小動物沉浸在一股深沉而淒楚的悲傷中。忽而吹來了一陣輕柔的風，拂上牠們臉龐，兩隻小動物瞬時忽然忘記了剛才所有發生過的事。

所以，這就是那牧神所送給牠們最後的禮物——遺忘。當祂不得不現身幫忙的時候，總是在最後貼心地留下這份禮物，以免畏懼的情緒一直留在小動物們心底，奪走牠們所經驗到的美好。祂要讓這些小動物們重回歡快的生活。

河鼠跟鼴鼠搜尋水獺寶寶的過程中充滿了「驚奇」。我想這部作品在兒童文學中絕對是非常出色的傑作，可惜我只能引用一小段，原作其實更為精采、更有意趣。那些具有出世之美的自然美景、象徵大自然的牧神出現與消逝，還有那「名為遺忘的禮物」，這本書是淋漓盡致地描繪大自然神奇的頂尖之作。

內心的自然風景

《柳林中的風聲》還有一個令人印象深刻的角色，那就是蛤蟆。河鼠跟鼴鼠一開始要划船出去時，跟水獺提到了蛤蟆，水獺稱讚蛤蟆「真是個好傢伙」。一陣子之後，鼴鼠央求河鼠介紹蛤蟆給牠認識時，河鼠也讚嘆「牠真是我看過最爽快的動物了」。

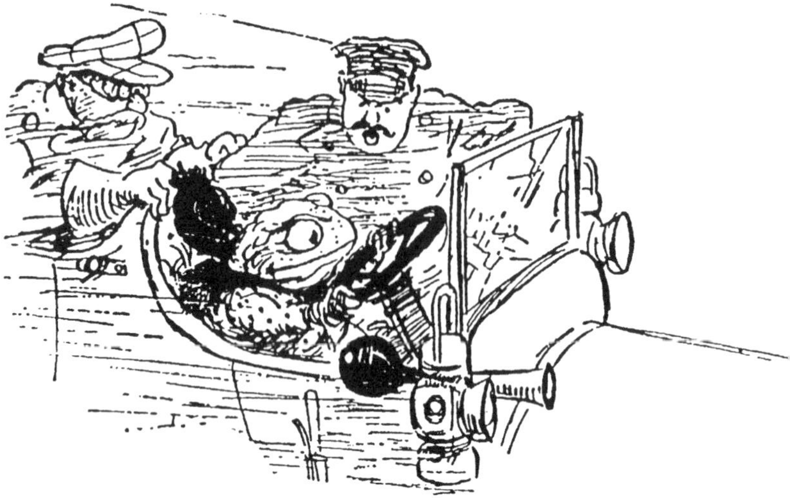
蛤蟆開車（E.H.謝培德繪《柳林中的風聲》岩波書店）

不過這種大家口中的「好傢伙」時常是一些惹是生非、給人帶來麻煩的傢伙，這一點，蛤蟆也不例外。再加上「好傢伙」覺得自己那麼「好」，從來不反省。蛤蟆這小子也完全有這樣的習氣。

被河鼠領著去認識蛤蟆的鼴鼠非常開心，蛤蟆還問牠想不想搭乘牠剛買的吉普賽篷車，一起出門壯遊。

所以我說，坐在這車子裡你可以體驗到真正的生活。街道、眾生雜遝、長滿歐石楠的荒野、公家地與樹籬、微緩的山丘！帳篷！小

> 村！城鎮跟城市！今天剛到了這裡、明天就去了那裡！旅行、改變、樂趣、興奮！全世界將在你眼前展開，地平線一日又一日不斷地變化！

牠的一番激情演講馬上就贏得了鼴鼠的心，但河鼠只是冷淡聽著牠的老生常談。可惜鼴鼠已經完全上勾了，無奈的河鼠也只好跟著出門。但旅途哪可能像蛤蟆形容的那麼美好呢？馬上就出事了。不知何處突然衝出一輛汽車，馬匹被轟隆的車聲嚇得暴衝，整輛馬車翻倒在水溝中。蛤蟆氣瘋了，卻馬上被汽車迷得七暈八素。

一迷上汽車，可就沒完沒了，買了新款汽車後，蛤蟆馬上出了六次車禍、住了三回醫院。無法可想之下，河鼠跟鼴鼠只好去拜託獾來勸蛤蟆不要再開車了，但蛤蟆怎麼可能聽勸呢。後來蛤蟆偷了別人的車，出車禍後還對警察惡形惡狀，被判刑二十年。不過呀，如果這能讓牠乖乖安份的話，牠就不是蛤蟆了。牠老兄轉眼就越獄成功，展開了一番大探險。在這探險期間，一會兒騙人、一會兒把人唬得七暈八素，我行我素，是個徹徹底底的大壞蛋、絕絕對對的「惡棍」。

腦筋死板一點的老師，大概覺得我怎麼可以推薦小孩子讀這種書呢？不過別擔心，就算覺得我騙人也好，您可以讀給小朋友看看，看看他們的反應。我猜小孩子應該會馬上愛上那隻蛤蟆吧。可是小朋友到底會不會模仿牠呢？應該不會。因為小孩子雖然不擅長把感受用言語表達出來，他們心底一定都知道，我們每個人（就連老師也是！）心中一定都住著這樣一隻蛤蟆。我們每個人都知道人應該守規矩，可是還是不免偷偷地想……。這種心情被蛤蟆淋漓盡致地展現了出來，而小孩子完全懂得這樣的幽默。

如果我們把孩子心底那些蛤蟆都給殺光了，那就像是用農藥把蝴蝶、蜻蜓也給殺光了一樣，是破壞孩子心底的自然原貌。保存這樣的原貌，並不等同叫孩子去學蛤蟆的行事作風，而是要讓他們知道，在自己心底那一片大自然裡其實也住了這樣的「居民」，要去思考如何與它們共存共榮。

04 自然與畏怯

對人類來講，懷抱對於大自然的畏懼無疑極其重要。現代人藉由科技發展，得以在相當程度上左右自然，也因此誤信人定勝天，不再畏懼，卻把自己拋入危機中。

在孩提時代經驗到的對於大自然的畏懼，我相信是人一生中很珍貴的經驗。先前介紹過的《少年動物誌》裡，就描述過孩子們在大自然中所經驗到的、難以理解又難以忘懷的畏懼。某一天，作者「我」又霸道地拉著弟弟們去權現山採集昆蟲。我們對那座山太熟悉了，除了南邊以外全都不曉得去過了多少次。南邊感覺好像很神祕，令人畏縮不前。

山的南邊有墳墓，微暗的森林裡靜靜杵著冰冷的墓碑，在一大片林蔭的深處有家叫做蟠龍庵的寺院，我們就是對那間佛寺莫名地恐懼。

那一天，「我」不曉得為什麼卻帶著弟弟們遠探那家佛寺。我們一邊覺得很恐怖，一邊卻往森林深處走，就在那時！

忽然一陣無從分說的恐懼與不安攫獲了我，好像再往前一步就會掉落地獄般的無盡幽冥中了。恐懼壓垮了我的心，昏黑的草叢一搖動，我就覺得好像死神馬上要從那裡頭伸出手來，把我抓走。恐懼就像海浪一樣瘋狂湧來。

「我」拔腿就逃，結果弟弟們也跟著轉頭狂奔。沒有人清楚到底發生了什麼，但大家就是覺得太恐怖了！

這種對於大自然的畏懼，在根底上跟宗教是相連的。人承認有某種超越自己能力的存在，並對其懷抱畏怯之情，這就是宗教的起源。

小孩與老人

有一位兒童文學作家以可稱之為「自然的超自然性」為主題，發表了許多出色傑作，她就是派翠西亞．萊森（譯按：Patricia Wrightson, 1921-2010，擅長融合原住民神話與土地意識的澳洲兒童文學家）。萊森生於澳洲、長於澳洲，澳洲這塊土地的大自然曾經遭到西方人毫不留情的破壞，以**近代人**的角度來看，當時澳洲原住民的生活大概**原始**得不像是人類吧。白人將澳洲當成自己家一樣大肆侵略破壞，把澳洲原住民搞得幾近滅亡。現代人反思這段歷史，開始尊重澳洲原住民的文化。萊森被喻為是描寫「澳洲之魂」的好手，把目光擺在澳洲原住民所傳述下來的超自然存在上，寫出了許多名著。

在此要介紹她的《塔克太太與小人靈賓》（*A Little Fear*）6。故事裡出

6 《塔克太太與小人靈賓》，派翠西亞．萊森著，百百佑利子譯，岩波書店，一九八六年。

現了一個超自然的小人，稱為靈賓（njimbin），發展出許多有趣精采的故事，但在這裡，我們先把焦點擺在另一位主角塔克太太的身上。塔克太太是個老太婆，為什麼兒童作品中會出現一個老人呢？那是因為老人家在本質上其實跟小孩子很像。換句話說，孩子剛從「那裡」來到這世界，而老人則正要從這世界前往「那裡」。兩者都比一般成年人更熟稔那個無名的世界，也更容易從一般成人自以為「已經很熟」的大自然裡，發覺超自然的存在。反過頭來可以說，成年人都太執著於要活得跟大家一樣了。

塔克太太住在名為「夕日之丘」的養老院裡。愛操煩的女兒與女婿擔心她，把她送進了這家高級養老院，可是……

塔克太太心裡想，我可清楚得很。年紀一大，大家就把你當小孩看了。身子骨不行囉，腦筋也不清楚了，向來自己打理的事得託人幫忙，一切都成了年輕人的天下了。那些年輕人說什麼「你很康健耶」、「要加油唷」，簡直把我當成小鬼頭。把我塞進這種窗明几淨的養老院裡，也沒人拜託就幫我拿了暖呼呼的內褲來，一回神過來時，已被照料得好好的，我看再不小心一點哪，我哪一天就會被關進「這都是為你好」監獄，就像小孩子一樣。

還好塔克太太非常勇敢地離開了那種「都是為你好」養老院，繼承了過世兄長的遺產，一個人搬進拓荒小屋住。這根本完全形同離家出走。她的快舉，絕對可以媲美兒童文學愛好者人人皆知的克勞蒂亞離家出走記（請參考《天使雕像》（*From the mixed up files of Mrs. Basil E. Frankweiler*）7，主角克勞蒂亞離家出走，跑去躲在紐約大都會博物館）。

塔克太太很享受一個人住在拓荒小屋裡的逍遙生活。不過那裡其實已經住了一個地靈小人「靈賓」，所以生活上出了些怪事，使得塔克太太開始懷

7 《天使雕像》，柯尼斯伯格著，台灣東方，二〇〇三年。

疑自己。

果然以我的年紀來講，一個人搬到這種荒郊野外來，無拘無束地養雞，又不要人照料，是太逞強了。我看我根本已經開始癡呆，又蠢又笨，還從那種安全舒適的地方逃出來，搞不好真的像個講不聽的死小孩一樣。

成人深信「安全舒適的地方」等於幸福，可是對於非自願（或自願）被送進那裡的老人跟小孩來講，卻形同多管閒事的監牢。但只要離開的話，就能得到「幸福」嗎？倒也不盡然。所以即使連塔克太太這麼勇猛的老人，也不禁開始自我懷疑了。但當她看見自己養的狗「海克特」發現青蛙的時候，要捉弄青蛙反而被青蛙嚇一跳的模樣，「塔克太太忍不住捧腹大笑。那笑聲要是被管理『夕日之丘』的那些太太們聽到了，肯定會嚇得驚慌失措」。

一個人想接觸到大自然真正不可思議的那一面時，絕不能待在「安全舒適」的地方，必須要有覺悟，自己即將碰到一些危險、忍受一些不便，而且還得要有大把、大把的時間才行。塔克太太生活之處就完全具備了上述條件。她在那裡經驗到了大自然的奇特，而澳洲的大自然也給她準備了出人意表、難以理解的「奇特存在」。

小人靈賓

塔克太太搬去的那間拓荒小屋，早就已經有了住戶，是地靈小人靈賓。

靈賓是個身形很小、很小的精靈，從這兒的原生林長大、人類來把樹林砍掉又離開，到現在一直住在這個山林裡。很久以前祂也跟遠古時代的人類一樣打獵維生，只不過祂獵的都是一些躁動的負子鼠、狡猾的海狸或是敏捷的蜥蜴等等，實在無法跟人類的獵物相提並論。不過現在，大環境完全改變。

靈賓也跟世人一樣哀嘆世局的變化，但祂也跟人類一樣聰明地搭上了變化的順風車。

靈賓開始不打獵了，改偷人類的作物跟獵物。祂會幫老鼠們打開水龍頭，讓水積在空罐子裡，也會幫牠們打開家禽飼料箱的蓋子，讓牠們大快朵頤。等老鼠吃得肥吱吱了，就把牠們亂棍打死吃掉，靠這樣子存活。

靈賓動作敏捷、身形又微小，塔克太太看不見他，可是海克特看得到。海克特很厭惡這個「沒有氣味」的傢伙，可是沒辦法跟主人說。於是塔克太太身旁發生了一大堆不可思議的怪事。靈賓可是聰明得很呢。種種情況都讓塔克太太忍不住擔心自己是不是真的「老人癡呆」。

讀到這些段落時，我忽然恍然大悟！原來我家也有小人！不曉得是哪一種類的小人呢，該不會也是靈賓吧？反正放在房間裡的東西時常不見，過了一陣子，又忽然出現在其他地方。最讓我心驚的是，我根本不記得自己買過的書居然放在書櫃上，我滿心疑惑之下，把書拿起來一翻，裡頭居然畫滿了線！所以我家小人還會看書嗎？反正自從知道了自己家有小人存在之後，我就不再唏噓年歲徒長，頭腦愈來愈不管用了，也不會胡亂懷疑家裡不知道是誰偷溜進我書房裡，給我東翻西翻了。

塔克太太跟小人靈賓之間發生了一連串愉快的戰鬥，連小狗海克特也捲了進來。這些愉快的戰役，就請讀者朋友自己去找書來看。我相信，你們一定也會好奇，你們家住的不曉得是哪種小人呢！因此，跟家人之間的摩擦應該也會減少吧。

納岡

接下來要介紹的也是派翠西亞・萊森（Patricia Wrightson, 1921-2010）的作品——《納岡和星星》（*The Nargun and the Stars*）[8]。就讓我們從一開始

8 《納岡和星星》，派翠西亞・萊森著，豬熊葉子譯，評論社，一九八二年。

讀起。

晚上納岡才開始移動。在峽谷傾瀉而下的崖壁深處，它不安地騷動著，把力量緩緩拉到棲息口的出處。它漫長而沒有目的地的旅行就要展開了。

讀到這邊，我們還不知道納岡是什麼，只覺得好像是什麼奇特的動物，但繼續讀下去後真相卻超乎想像。原來納岡不是動物，它是塊「岩石」，而且還是活的。有時候它隔十年才抓點東西來吃，有時候五十年裡連一次也沒有進食。它那巨大的身體移動時，無論是動植物都會被壓死。

發現納岡這個可怕的存在而且積極想解決的，是少年孤兒西蒙・布雷特。

少年布雷特是孤兒，他發現了納岡這顆可怕的石頭後，正在想辦法。除了納岡之外，他也跟其他澳洲大自然裡的神祕存在有所接觸，譬如溼地精靈波克魯克與樹之精靈圖龍等。

西蒙不清楚波克魯克與圖龍到底是什麼東西，可是他知道它們是這地球、這山野的一部分。人類來來走走，但它們一直都在這裡，而且會永遠在這裡。西蒙如此想。（中略）它們自由自在，像山一樣古遠，也像遠方的碧影一樣無從捉摸。雖然不知道該怎麼把這種感受說出來，可是，他心裡懂。

一般人根本不可能遇見這些神祕的精怪，為什麼西蒙會遇見呢？祕密之一就在於他的遭遇。西蒙是個孤兒，原本住在孤兒院裡，有一天，一對像夫妻般生活的兄妹檔遠親查理與伊蒂收留了他，把他接到他們的山中牧場來。從此查理與伊蒂擔起了相當於西蒙父母的責任。這一個設定非常有趣。一般家庭裡的父母親與孩子之間具有血緣關係，但父母親之間則沒有，可是在西蒙這個例子裡恰恰相反。父母之間有血緣連結，親子間則沒有。這一點跟某部兒童文學名著中的家庭組成非常相似，我想很多讀者應該已經聯想到了，那就是大家都很熟悉的《清秀佳人》（*Anne of Green Gables*）。《清秀佳人》

的主角安妮也很擅長發現別人忽略的事情，就跟西蒙一樣，只是西蒙住在澳洲，所以他發現的都是澳洲大自然裡別人所看不見的事物。

回到故事本身，納岡用它那巨大無比的蠻力，不知道把推土機藏到哪兒去了。人類當然不知道納岡的存在，只是很訝異推土機怎麼會突然消失。於是就像先前所講的那樣，少年西蒙獨自挖掘真相。他第一次發現納岡的時候，問波克魯克「那傢伙是好東西嗎？」波克魯克的回答很簡單，「什麼『**好**東西』？它就是納岡啊。」

所謂的好、壞，都是人類擅自決定的，納岡就是納岡，靈賓就是靈賓。「痛宰壞人」這種想法在萊森的文學世界裡並不存在。在她筆下，人接觸到了神祕的大自然，敬畏自然，並思考如何與自然共存的方法，才是人類之所該為。而在與大自然共生之間，人類也會活得更為豐富。我想這才是萊森想藉由這些故事傳達給讀者的訊息。

05 與大自然融合

前面已說過與大自然的共存，但如果超越了「共存」，與大自然「融合」的話又會變得怎麼樣呢？我想那時候，人類就已經不再是人類了。的確，人一死便又回歸到了自然，可是如果不是在死後，而是在生前便發生了與大自然近似融合的體驗，並且把這一切化為作品呢？如果具有這樣的才情，恐怕只能稱呼為天才了。宮澤賢治就是這樣一位天才型的作者。

在談到與大自然融合的體驗時，我們絕不能忘了佛教對於日本的影響。宮澤賢治作品的底層，所流淌的可以說正是「山川草木皆悉成佛」這樣的概念，可是我們也得謹記，宮澤賢治對於源起於西方的自然科學也擁有深厚知識，並且透徹其本質。因此他在當時的日本人裡，算是相當理性的人。他在作品中，一邊帶領讀者經歷了近似與大自然融合為一的體驗，但總不忘在最後的最後，留下客觀記述。能達到這般非凡的成就，宮澤賢治的意識狀況顯然超越常人，恐怕浩瀚一如宇宙吧。

岔個話題，先前我們在第一章裡曾提到的路易斯．卡羅可以說是兒童文學界裡述說「神奇體驗」的鼻祖，而眾所皆知，卡羅是位數學家。至於我剛才提到的愛麗森．鄂特麗，根據《小灰兔》日文版的譯者後記中所提，在國中時期開始喜歡上了科學，大學時進入英國曼徹斯特大學專攻物理。這點非常有意思，這些書寫想像故事的人，居然都具有科學背景。

回到宮澤賢治的話題上。我發現他作品中出現的動物都比《柳林中的風聲》的動物跟人類更為親近，幾乎可以說沒有距離了。換句話說，宮澤賢治作品裡的動物與人類的接觸層面更深。譬如《大提琴手高修》9裡的高修與動物之間所發生的點點滴滴，便打動了我們的心弦，在心中跟著故事節奏一起共鳴。

宮澤賢治非常清楚當人融入到自然時會發生什麼危險。讓我們試著從《要求特別多的餐廳》10中來看看。書中「兩位紳士」穿著「一身英國士兵的裝束」，也就是說他們帶著現代化的防衛來到深山裡頭。但這現代化防備卻在這深山裡毫無用武之地，反倒是兩人帶來的那兩條狗還比較有用。當這兩條狗一死，兩位紳士便在毫無防備而且無所覺的情況下，一步步踏入了「融合」的險境。不過深山裡的環境竟出人意表地十分友善，一開始，餐廳就聲明「本店是家要求特別多的餐廳，請多多海涵」，不斷對他們提出「警告」，可惜這兩個**現代人**完全從自我本位去解讀，渾然沒察覺已經置身於險境之中。

再差那麼一步，這兩個人就真的要被自然「融合」了，也就是被完全吸收進山貓的肚子裡。還好兩人的狗此時起死回生，救了他們一命，當真是千鈞一髮。

9 《大提琴手高修》，宮澤賢治著，許怡齡譯，上人，二〇〇四年。

10 《要求特別多的餐廳》，宮澤賢治著，收錄於《宮澤賢治短篇小說集》，陳嫻若譯，好讀，二〇一六年。

十一歲以下

人跟動物之間相處愉悅而毫無隔閡，是宮澤賢治作品中一大特徵，尤其是《渡過雪原》11這部作品，讓我們一起來看看。在這故事中，人類的小孩四郎與康子，跟狐狸的小孩紺三郎玩得很開心。

四郎與康子「穿上小雪鞋，咯吱咯吱」地走向外頭雪白的原野，一邊唱著：

「硬雪硬梆梆、凍雪叮叮噹」。

這時候，忽然聽見了一聲「凍雪叮叮噹、硬雪硬梆梆」

出現了一匹小白狐，兩個人嚇了一跳，不過兩個人也就這麼開始跟小白狐講起話來。有趣的是，這人、狐之間的對話正是小孩子最喜歡的押韻腳、有節奏的說唱方式，像這樣子：

「小狐狸叮叮噹、狐狸仔硬梆梆，不要媳婦要不要麻糬啊？」

「四郎叮叮噹、康子硬梆梆，還是嚐嚐我的黍穀丸吧！」

延續了一開始「硬雪硬梆梆、凍雪叮叮噹」的節奏。接著三人（兩人跟一匹？）便開始咯吱咯吱、咚咚地跳起舞來。

三人愈跳愈往樹林裡去。宛如紅色封蠟般細膩的厚朴樹嫩芽隨風飄動，一閃一閃地，在森林雪地上投下了一片藍網狀的樹影，陽光照射處，彷彿綻開了銀白色的百合一般。

四郎跟康子便這樣進入了人跟動物之間完全沒有區別的世界裡。這跟

11 《渡過雪原》，宮澤賢治著，收錄於《童話詩人宮澤賢治燃亮社會》，紅通通，二〇一六年。

小狐狸紺三郎（春日部弼繪《岩波世界兒童文學集9》岩波書店）

《要求特別多的餐廳》中那兩位紳士的情況完全不一樣。四郎跟康子不但沒有碰到危險，反而還開開心心地跟狐狸玩得很愉快，最後還拿到了狐狸幻燈會的入場券。

這兩者之間的差別，存在一個很重要的關鍵字——「十一歲以下」。當狐狸紺三郎要把幻燈會的入場券遞給四郎時，四郎問可不可以帶自己的哥哥們去，紺三郎問，「你哥哥們都還沒滿十一歲吧？」但一知道他們都已經十二歲了，便表示「遺憾」，拒絕讓他們參加。這代表一旦過了十二歲——也就是晉身成大人之後——再進入動物的世界裡，只會讓雙方都面臨嚴重危險。

我想，要是編一套「精神年齡十二歲以上不准看」的兒童文學集，搞不好會很有趣呢。

虔十公園林

虔十總是把粗繩當成腰帶綁，笑呵呵地在樹林裡、田野間漫步。他看見雨中的青綠草叢便會馬上高興得雙眼發亮。望見老鷹在晴空裡翱翔，便與奮地拍手叫大家來看。

這是《虔十公園林》[12]的起頭。在這個故事中，也出現了擁有「十一歲以下」資格的人。虔十的笑容，是真正的赤子之笑。

12 《虔十公園林》，宮澤賢治著，岩波世界兒童文學集9，一九九四年。

但是其他小孩都把虔十當成笨蛋恥笑，漸漸地，虔十也不笑了。

小孩子實在很奇怪，總是莫名其妙就在某一刻變身成「大人」。但大人也會在某一刻突然變成「老人囝仔」，所以說奇怪，大概也不是太奇怪吧。總之虔十成了「聰明」孩子們的笑柄，但正因為是這樣的虔十，才比普通小孩更容易進入「幼童心中」的世界。

虔十說，想在家後面那個像運動場一樣的大田野裡種植杉木，還好他的父母也不反對，買給了他七百棵幼苗。從此之後，虔十開始每天仔細照顧這些幼苗，有一天，

突然從這裡、那裡四處傳來了號令聲、模仿號角的聲音、踏步聲，好像要讓鳥兒全都驚慌飛起一樣，傳出了哄堂笑聲。虔十嚇了一大跳，趕緊去看到底是怎麼回事。

眼前出現不可思議的光景。剛放學的孩子們集合成一列五十人的隊

伍，踏著正步，正在杉木林中行進。

這一點也是小孩子可愛的地方。雖然他們會笑虔十，可是當情況一有了轉變，他們也會馬上毫無罣礙地適應。「虔十也好開心地躲在這一側的杉木後頭，張大嘴啊哈、啊哈地笑著」。

可惜世事未能盡如人意。住在附近一個叫做「平二」的傢伙宣稱樹影擋住了他的田，跑來要虔十把樹砍掉。虔十哭喪著臉倔強地說「不」。「事實上，這是虔十有生以來第一次對別人說不」。

憤怒的平二狠狠揍了虔十一頓。虔十也不反抗，平二覺得無趣極了，便罷手而回。「那年秋天，虔十得了傷寒不治。就在那十天之前，平二也因為傷寒死了」。之後不曉得過了多少年，虔十種植的那片杉木林依然留在當地，成了孩子們的遊樂場。某天村子裡出身，如今在美國大學裡教書的人返鄉，看見虔十的杉木林居然還在那裡，萬分感動之下，提議要保存這片杉木林，取名為「虔十公園林」。畢業的學生們紛紛捐款，打造出了一個很棒、很棒的公園，讓虔十的家人們看了喜極而泣。

哎呀呀，公園的杉木愈來愈油綠綠了，清新的味道、涼爽的夏日樹蔭跟那月光色的草皮。這公園今後不知將會讓多少人體悟到什麼是真正的幸福呢。

我覺得宮澤賢治也在這部作品中，傳達出了人就算是跟植物之間也能經歷到融為一體的體驗。因為小嬰兒的赤子之心，不管是跟植物或動物都能心意相通。但是人一旦產生了自我意識，便會開始說「不！」。這個「不！」是在意識到自己有別於外在的存在後，所產生的語言。

虔十最後說出了有生以來第一個「不！」保護了杉木林，最後死去。這個事實中隱藏了非常深刻的矛盾。宮澤賢治想必非常清楚在融合中，必定伴隨諸多代價。

第三章

不可思議的人物

人類社會真的存在所謂「不可思議」的人物。「不可思議」帶有許多含意，只要這樣的人一出現，原本正在運作的事情突然停了下來，向來尋常無奇的事瞬間冒出了新亮點、不知如何是好的難題忽然出現了意外的的轉圜。總之一切都不再尋常了。有時候是因為當事者真的很特別，但也有時是周遭的人想得太多，刻意把對方想得太過奇特。不過不管怎麼樣，這種人的出現，為社會平凡無味的生活增添了新色彩。兒童文學裡，當然也有許多這樣神奇的人物，先前所介紹的作品裡就已經很多。而說到這種出現在兒童文學中的奇特角色，我們馬上會聯想到的就是宮澤賢治的《風之又三郎》[1]。

在某所全部年級學生都混班上課的偏鄉小學裡，來了一位轉學生高田三郎。他因為父親調職的關係而搬來此地，今年小學三年級。這個人要說普通嘛，也真的不大起眼，但其實他好像是能隨心所欲、召喚風兒的「風之又三郎」呢。自從這個怪孩子來了學校後，全校的學生生活起了很大的變化。

咻——呼隆！嘩————！嘩！

狂風呼嘯吹落了青核桃
也吹走了酸溜溜的榠楂
咻——呼隆！嗶————！嗶！

就像這首歌的節奏感中的那種大自然律動一樣，學生的生活也隨著這個轉學生的出現而活潑起來，可是無法避免的，當然也帶來了一些不容忽視的危險。

宮澤賢治厲害的地方，就在於沒有人知道這個小男孩到底是不是「風之又三郎」。你覺得他是嘛，又好像不是。所謂「現實」不正是如此嗎？如果人只能活在單一面向裡，未免也太乏味了。小孩子就有這種本領，能從平凡無奇的小事裡感受到不平凡。可惜我們長大後卻都失去了這種能力，本章將從這種角度，與大家一起來思考兒童文學裡的「神奇人物」。

1 《風之又三郎》，宮澤賢治著，立村文化，二〇一一年。

01 恐怖的人

對小孩子來講，「可怕的人」跟「可怕的經驗」都很難忘。當可怕的程度超過了孩子本身能承受的範圍時，會留下後遺症，對孩子的未來成長造成傷害。可是這並不意味著，我們不應當讓孩子去體驗可怕的經歷，因為除了正面的情感外，在某種程度上體驗過可怕的經歷，也能讓人磨練出豐富的感情，培養出人性的深度。從這一點來看，出現在兒童文學中的「恐怖角色」，反而對孩子的成長有所助益。

金銀島

小時候讀過的史蒂文森的《金銀島》[2]直到現在還令我印象深刻，當時

ARS出版社出了一套《日本兒童文庫》，我記得裡頭就收錄這故事，當時的譯名為《金銀島探險物語》[3]。讀到這故事的時候，我才剛上小學三、四年級，住在鄉下沒有讀過很多書，那樣一本書裡收錄了一整個長篇故事的讀物，對於我來講有點吃力。我哥哥們也提醒我，「這跟格林童話完全不一樣唷！」所以我已有心理準備，但即使如此，海盜一出現，還是把我嚇得魂飛魄散。

男孩吉姆的父親生病了，為了幫忙母親，吉姆去一家叫做「海軍上將本保」的旅館工作。某天來了一個「奇特的人」，這個人「身材高大、體格魁梧，棕色的臉龐像顆栗子一樣。他穿著髒兮兮的藍色上衣，沾滿髮垢的辮子垂在肩頭，雙手粗糙、傷痕累累，指甲汙黑斷裂，臉頰上還有條白裡泛青的

2 《金銀島》，R．L．史蒂文森著，林玟瑩譯，立村文化，二〇一〇年。

3 《金銀島探險物語》，平石禿木譯，日本兒童文庫74，ARS社，一九三〇年。

刀疤。」真是一張嚇人的臉。

這個男人叫做比爾，在吉姆工作的旅館住下來後，吉姆的生活從此波瀾不斷，開啟了從未想像過的世界。然而這一切的起點，卻充滿了「恐怖」。

首先是來了一個叫做「黑狗」的海盜，與投宿在旅館的比爾發生爭吵。雙方拔刀相對，黑狗雖然敗退，但比爾也因此中風倒下。最後僥倖撿回一命，但體力已大不如前，很怕其他海盜又來尋仇。就在這時候，吉姆的父親也因為久病過世。

讀到這裡時，我已魂飛膽散。原本膽子就不大的我，晚上讀這種故事，讀得自己疑神疑鬼，很怕海盜也來我家破窗而入。我不敢往下讀，但是想睡也睡不著，腦中一直閃現比爾與黑狗凶神惡煞的模樣。這種恐懼，讀到下一個海盜「瞎子皮尤」出現時，飆升到高點。

辦完父親喪事的隔天，吉姆非常思念父親。就在這時候，皮尤出現了。這一段，描述孩童幼小心靈裡所鑿刻下的深沉恐懼，雖然原文裡有一些用詞稍嫌誇張，但為了要傳達出這種文章所給人的恐懼，我在此原文照抄。

有個不認識的人正沿著大路往這邊走來，顯然是個瞎子，因為他邊走邊用拐杖敲著路面，一個大綠罩子遮住了他的眼睛和鼻子。他傴僂著背，不曉得是病了還是上了年紀，身上還套著一件又大又舊的航海斗篷，後面連著個破風帽，好像鬼一樣。我有生以來從未看過比這更嚇人的形象了。

這男人用一種古怪的語調說：「哪個好心人願意告訴我這可憐人哪？」於是吉姆告訴他，他所在的地方是「海軍上將本保旅館」。接著這男人說，「好心的年輕人哪，你可以牽著我的手，帶我進去嗎？」

我伸出手來，沒想到原本怪聲怪氣的瞎子，忽然像虎頭鉗一樣，夾住了我的手，嚇得我想趕快縮回。但這下子，這瞎子手臂一扭，就把我扭到他身邊。

「我說呀，小鬼，」他開口，「快帶老子去見船長。」

「先生，」我求道，「我不行。」

「哦？」他冷笑了一聲，「你找死啊？快帶老子去，不然我就把你這胳膊給扭斷！」

說著便把我手反轉，我痛得不禁哀號。

讀到這裡，我覺得我的手好像也被扭轉了，冷冷的恐懼傳遍全身。更可怕的還在後頭。瞎子皮尤把海盜的通緝令「黑票」交給比爾後，比爾被嚇得再度中風，就死了。後來皮尤帶著同夥前來，卻被緝捕海盜的騎兵隊馬匹踢得左翻右倒，最後悲鳴而死，真是太恐怖了！

海盜席爾法

就這樣，《金銀島》從一開始就描繪了一大堆凶神惡煞的故事，大冒險也隨著這些凶神惡煞展開。沒想到，比爾居然藏了一張探險圖！大家調集了船隻，打算依照藏寶圖出海尋找以前海盜的頭領弗林特窩藏的寶藏。吉姆也

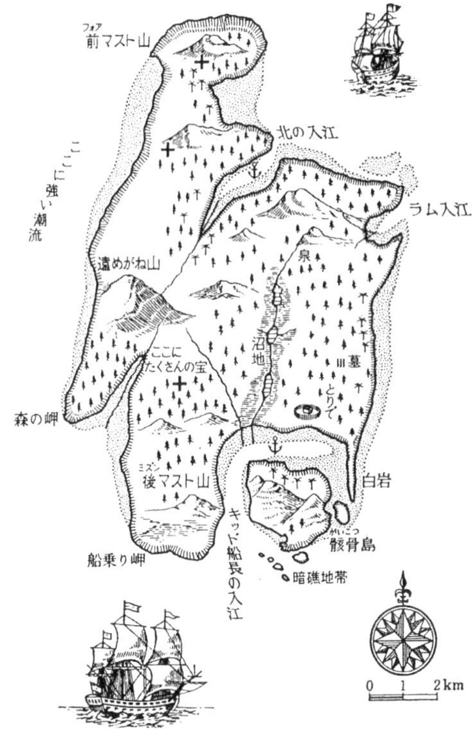

金銀島地圖（《金銀島》岩波少年文庫）

跟著上船打雜，開啟了這偉大的探險之旅。至於探險過程中發生什麼事，我想各位讀者可以自行閱讀，我就不贅述了。總之吉姆吉人天相，雖然遭遇了無數難關，最後還是探險成功。這個故事實在太精采刺激，難怪作者史蒂文森寫下這故事已將近百年，至今仍吸引許多讀者。

《金銀島》絕對不

只是一個恐怖故事而已，也絕不是只描述了萬惡不赦的大壞蛋。它之所以能成為一部不朽名作，特徵之一，在於每一個角色都刻劃得栩栩如生。譬如海盜席爾法，絕對令人難以忘懷。席爾法讓這個故事不知道生動了多少倍。

吉姆拿到了藏寶圖後，鄉紳特洛尼與醫生利弗西打算靠這張藏寶圖出海尋寶。特洛尼備好了船隻，正打算找一些船員上船的時候，獨腳約翰・席爾法出現了。他原本開小酒館，這時候上船當廚師。席爾法很快就獲得特洛尼的信任，吉姆雖然覺得他有點古怪，但跟他見面後，也馬上卸下了心防。席爾法雖然只有一條腿，「使拐杖卻使得來去自如，簡直像跳躍的鳥兒一樣靈活。個頭高大、身形驃悍，一張臉大得跟豬腿肉一樣；臉色蒼白，但腦筋看起來很好，總是笑嘻嘻」。

沒想到這男人居然是個大壞蛋！他跟以前在海盜頭子弗林特手下的其他海盜串通好了，找他們上船當水手，私底下打算把寶藏全都掠為己有。故事峰迴路轉、高潮迭起，吉姆的夥伴遇到了很多危險，就連吉姆也深陷危機，幸好最後有個圓滿的結局。這一路上，席爾法有時候是令人膽寒的大壞蛋，有時候卻出人意表救了吉姆一命，角色非常多變。但歸根究柢，他還是壞到了骨子裡，只是他是個爽朗無比、剛健又令人無法憎惡的大壞蛋。

這樣的一個角色，在我當時幼小的心靈裡，真的不知道該如何看待他。有時他的行為帥得令人想大聲說讚，但有時又壞得讓人破口大罵。靜下心來想想，社會上不是也有這種人嗎？在童年時期讀到席爾法這樣的角色，我相信對孩子來講絕對別具意義。

十歲的男孩

吉姆是個十歲的男孩。雖然每個人的情況多少不同，不過十歲對於一個人來講，通常是人生的一個階段。在這個年紀，我們會意識到「自己」是與別人完全不同的獨立個體。也就是在這個年紀——一如我在《虔十公園林》裡提到的——孩子對於外界所說的那聲「不！」正是一個人開始意識到自我的時刻，我想我們可以這樣說：在那之前「自我」一直混混沌沌地與外在混雜在一起，曖昧不明，尤其孩子與父母之間，相當程度上是合而為一的。可是到了十歲左右，孩子開始意識到自我後，便逐漸獨立於他人。這種自我意識的出現有時候相當明顯，在當事人腦中留下深刻的印象。有些人把這種經驗稱為「自我體驗」。

當自我體驗出現時，有時候孩子會突然感受到一股巨大的不安，因為自己與他人之間開始出現分別。其實仔細想想不難理解，孩子忽然出現了「自我意識」，一時之間當然很難理解並感到畏懼。十歲左右的小孩，感受到一股難以言喻的不安，原本都是自己一個人睡的，忽然要求要跟爸媽一起睡，晚上也不敢自己一個人去上廁所。但一天到晚嚷著「害怕、害怕」的孩子，卻又有時候熱衷於恐怖故事。像這種時刻，如果父母親可以接受孩子的不安，不要責備「你都已經這麼大了」，孩子通常很快就會度過這段時期。只要父母親願意讓孩子暫時來跟自己睡，相信孩子很快就會回去自己的房間。

在《金銀島》這個故事中，吉姆父親的死以及海盜突然出現，都精采地將孩子這種不安，以文字轉化了出來，因此這年齡層的孩子，才會那麼被這本書吸引。更重要的是，它告訴孩子，即使對於不安感到徬徨畏懼，依然可以冒險成功。

「我」知道「我」的存在，「我」知道這世界上有「我」。這可是椿大事，是無比的挑戰，因而這年齡層的孩子會喜歡這種故事，對這種故事充滿了憧憬。因為是「故事」，連十歲的小孩也敢與成年的海盜一較高下。

吉姆就正面與海盜伊斯萊爾．漢茲對決——雖然漢茲當時受了傷。直到現在我還記得，當年讀到這高潮迭起的段落時，我是多麼激動，緊張得直嚥口水。

故事開始時，小男孩吉姆很害怕忽然出現在自己生活裡的海盜比爾跟皮尤，可是在不斷歷險的過程中，他也變得勇敢了，最後甚至還與漢茲決鬥並且成功。我想孩子讀了這樣的故事後，一定會明白，雖然自己還小，可是只要能保持判斷正確、冷靜沉著，一樣可以擊倒大人。《金銀島》這故事，今後想必還會繼續贏得讀者的歡心吧。

02 不可思議的快樂

人生有驚惶，也有快樂。孩子經歷快樂，無異是件好事，不過快樂也分成很多種。人生旅途上，真的嘩呀！嘩呀！從心底湧現狂樂的時刻並不多，較多的倒是淡淡的喜悅。這種絕妙的快樂滋味，反而在兒童文學作品裡所在多有。現在就讓我們來看其中的代表之一——《杜立德醫生航海記》。

圍繞「杜立德醫生」的回憶

羅夫登（Hugh Lofting，1886-1947，英國兒童文學家）的作品《杜立德醫生航海記》（*The Vovages of Doctor Dolittle*）[4]是一個很愉快的故事。先前提到的《金銀島》也是海上冒險故事，可是兩者的本質完全不同。讀到這樣的作品總是讓人忍不住感慨，英國的兒童文學作品實在是百花齊放，豐富而浩瀚。

《杜立德醫生航海記》是我小時候看的故事，印象很深刻。我記得當時《少年俱樂部》大概是唯一的兒童讀物吧，可是在我們那個年級裡，訂閱的學生也才不過才兩、三個人。我每期幾乎都是一拿到就快速看完。我哥哥們年長我很多歲，他們也老早訂了這份兒童雜誌，而且他們還把其中的連載裁訂成書，所以我運氣很好。那些名作！高垣眸的《怪傑黑頭巾》、佐佐木邦的《成功俱樂部》、山中峯太郎的《太陽凱歌》等等，我全都看了又看。而且我們還會把書中的經典名句背下來，當成笑鬧時用的台詞。我也想學我哥哥他們那樣，把連載裁訂成書，但一直等不到好作品。我哥他們說《少年俱樂部》沒有以前好看了，我也有同感。

4 《杜立德醫生航海記》，河北少年兒童出版社，二〇一三年。

就在那時，《杜立德醫生航海記》開始在《少年俱樂部》上連載，我記得當時的譯名是《杜立德醫生的船旅》吧。一開始我就被故事迷住了，小學五、六年級左右的我，覺得它跟《少年俱樂部》之前的其他**名作**完全不一樣。雖然當時我還小，不曉得到底有哪裡不同，不過年幼的心底大概也感受到了文學的芬芳吧。我很快就把故事那幾頁裁下來，記得好像做成了上、下兩冊合輯。

哥哥們也很喜歡杜立德，於是我們時常講的經典句子裡，就出現了杜立德醫生的名句。譬如我被使喚做事時，我就邊做邊喊，「我有意見——！我反對——！我抗議——！」然後笑得前俯後仰。另外還有「吾乃酋林金奇國的王子考烏蹼蹼．邦波是也」、鴨子巧巧，雙頭駱馬「菩希米菩優」等等，光是把這些句子喊出來，心裡就很暢快。

《杜立德醫生航海記》節奏緊湊，意想不到的情節不斷推展開來，譬如猴子奇奇歷經了千辛萬苦才終於回家、隱士路克的法庭審判、大鬥牛等等，最後連會浮動的島嶼都出現了。種種情節雖然匪夷所思，卻不會令人覺得荒謬，我猜作者羅夫登一定是個很會講故事，而且很喜歡小孩子的人吧。

最近我又讀了一次，感覺非常懷念。名作就是名作，接下來，就讓我來聊聊我長大後重讀的感想。

杜立德醫生與狗證人（羅夫登繪《杜立德醫生航海記》岩波書店）

動物的語言

《杜立德醫生航海記》成功處之一，在於塑造了一位奇異的人物——聽得懂動物語言的博物學家杜立德醫生。

在這之前，譬如《柳林中的風聲》裡的蛤蟆一樣，讓動物與人類交談的想法自古就有，可是讓動物不用講人類的話，而是人類去學習了解動物的語言，這本書恐怕首開先例。書中的鸚鵡玻里尼西亞與大狗吉布雖非常擬人化，然而與其他童書相比，《杜立德醫生航海記》的動物其實相當程度保留了動物的樣子，沒有高度擬人化。博物學家杜立德醫生是在經過訓練後，才聽得懂動物說話，並且也可以說動物的語言。

我們觀察杜立德醫生對待動物的態度，會發現他不但聽得懂動物的話，而且是以「**友情**」在接觸這些動物。這一點很特別。不管對於奇奇、對於玻里尼西亞，他都是懷抱著友誼。在面對酋林金奇國的王子跟在面對小孩子湯米時，他的態度並無二致。換句話說，他是一個平等兼愛的人。我們不要忘了，這本書出版於一九二二年，當時一般歐洲人對待孩童與非歐洲人，仍充滿明顯的歧視態度。關於當時成年人是如何對待孩童，我們看到湯米第一次遇見（說是遇見，還不如說是撞到）杜立德醫生之前，他先請教了一位貝洛思先生時間，從貝洛思先生的態度中就可以看出。當時貝洛思先生說：「你以為我會因為你這種小鬼頭問我時間，就特地打開外套的扣子嗎？」

杜立德醫生對於動物與弱勢者卻很體貼。他挺身為被控殺人而上法庭受審的路卡辯護時，也因為聽得懂動物的話而立了大功。這一段描述裡，最有趣的是連狗都站上了法庭的證人台。檢察官氣得不得了，大聲抗議，「我反對！這是在侮辱法庭的權威！」可是法官還是繼續審判，最終路卡被判無罪。

其實聽得懂動物說話並不是一件輕鬆的事。試想，萬一大家都聽得懂動物的話，這世界會變成什麼樣呢？一個人人敬重的**成功**人士，卻被家裡的小狗說，「其實那傢伙呀……」，飛翔在天空的燕子飛到哪裡，就把從窗外看見的事到處廣播，說得人盡皆知……。說起來，我們真要感謝動物的沉默。

如果我們試著把「動物」替換成不擅長講話，或是表達出來別人也不理解的人，又會是如何？首先我們會聯想到小孩子。我遇見過太多孩子，苦於擁有**出色**的雙親，往往難以表現自我，或根本已被剝奪了表現自我的機會。這些孩子，有些就被「聽不懂狗語的檢察官」判為「罪犯」。而難處在於，雖然孩子們很苦、雖然孩子們是弱勢，可是因為現在小孩衣食無虞，在**豐裕**的物質表象下，外人反而看不透實情。希望我們都能更盡力去傾聽他們的聲音。

再來是讓我們想像我們心裡也就住著這些「動物」。假設住在我們心房裡的小狗跟貓咪正在碎嘴，「那個人一直拚命賺錢，不曉得要幹嘛？」「他是不是飲酒過度啊？」這麼自我對話，或許會改變我們的生活方式。

愉快的權威者

權威的英文是authority，在英語圈裡說到「權威」給人一種正面的印象，但在日本，恐怕有不少人一聽見「權威」兩字就要皺眉頭吧。這大概是因為日本人時常把「權威」跟「權力」搞混。所謂「權威」所代表的是某個領域裡最熟知一切，最獲人信任的人，我認為杜立德醫生無疑就是一種權威。但因為作者把他表現成一個「愉快的權威者」，反而成了一種反權力的象徵，使人忽略了他具有的權威。這個問題在作品的誕生地英國，大概不構成問題，但在日本，我們必須提醒自己這一點。

先前所提到的那場關於隱士路卡的審判中，就完美展現了權威跟權力的不同。那場審判裡，最有權威的人應當就是杜立德醫生了，因為只有他具有解決問題所需要的正確知識，而且還能把這一切傳達給別人。相比之下，反對讓狗上台作證的檢察官則代表了權力人士。很有意思的是，檢察官宣稱讓狗上法庭會損及的是「法庭的權威」，也就是說，掌權者為了自我保護而假借「權威」之名的現象，在東、西方都可看見。

還好最後權威戰勝了權力。我希望大家注意到，「幽默」這時也發揮了不少力量。當一個權威者失卻了幽默之心，便容易捲入權力鬥爭中而不自覺。另外還有一個重要的描述是，審判結束後群眾熱情高喊「杜立德醫生萬歲！」，杜立德醫生卻趕緊離開。因為一旦權威者無法警覺，三兩下便會被拱上掌權者的寶座，就此墮落。一個人若想保護自己的權威，必須熟悉遁逃術，絕不能停留在同一個地方不動。

杜立德醫生面對權威與權力的進退兩難，在他當上了蜘蛛猴島的國王時達到了巔峰。不用說，他是寧可選擇當一個博物學家，也不想成為一國之君，而就算他選擇了後者，他也肯定不會是濫用權力的人，他一定會苦民所苦，以島民的幸福為唯一要務。可是，當我們試著考量孰者對杜立德醫生的人生最好，這麼做是上策嗎？

杜立德醫生是個很善良的人，他的良善是否也可能危害他真實的自我？他誠實地對湯米他們說：「我好想繼續旅行、繼續當個博物學家，好想回去自己在帕德魯比的家」。可惜他一旦考慮到島民的事，便還是覺得「該留下來」。

儘管杜立德醫生善體人意，並不代表他永遠笑嘻嘻地不會生氣，也不代表他是個懦弱的人。他有時會大發脾氣、有時也會化身為「勇士」英勇挺身而戰。這時他進退維谷，而解決這樣的困境的，是鸚鵡玻里尼西亞所獻出的智策——或說是奸計。有時候光有善意，反而會束手無策。總之，杜立德醫生雖然有些不情不願，還是聽從玻里尼西亞的聰慧（奸巧）之計，成功離開了蜘蛛猴島。脫卸權力、守護權威，杜立德醫生選擇仰賴動物的智慧。

小熊維尼

講到能讓孩子們體驗到不可思議的快樂滋味的童書，就不能不提《小熊維尼》系列作品5。每次一讀這本書給低年級的國小學生聽，大家都會開心得不得了。傻呼呼的維尼熊，可是孩子們的心頭寶呢。

維尼去採蜜。為了採蜜，牠得爬到樹上。牠一邊爬、一邊歡唱。

真有趣，
小熊最愛吃蜂蜜，
嗡嗡嗡，
不知是什麼道理。

5 《小熊維尼和老灰驢的家》，A・A・米恩著，張艾茜譯，聯經，二〇一〇年。

吊在大氣球上的維尼（E.H.謝培德繪《小熊維尼》岩波書店）

這首歌沒什麼，可是卻一把擄走了小孩子的心。嘿唷！就快要拿到想要的東西囉！這種時候，小孩子總是歡欣雀躍，而這首歌只不過是把小孩這種歡快的心情唱出來而已。至於它寫得好不好、是不是一首好歌，一點也不重要。重要的是它唱出了孩子這種開心的心情。《小熊維尼》的作者A・A・米恩（Alan Alexander Milne, 1882-1956，英國作家）在寫作這故事之前，已出版過童謠集，大獲成功，我想她肯定擁有某種能誘發孩童共鳴、讓人雀躍的才情。

說起來，維尼採蜜的方法很簡

單，老實說《小熊維尼》的角色都單純得不得了。可是小孩子就是開心、就是愛。

有一回，維尼抓著氣球，從氣球上吊下來採蜜，但蜜蜂開始懷疑了，於是維尼拜託羅賓幫牠撐傘，讓蜜蜂誤以為那是朵烏雲。這麼簡單的情節，就讓小孩子覺得很有趣！又譬如維尼明明在家，卻對著訪客喊「我不在家唷！」又或者是把自己的腳印誤當成其他動物的，結果惹出了一串疑雲。即使小孩子聽得滾瓜爛熟了，但他們還是纏著你要你再講一遍！不管聽幾遍，都笑得東倒西歪的，所以說，《小熊維尼》中的角色乍看單純，但其實擁有無窮的韻味。

《小熊維尼》抓得住孩子的心，祕密之一應該在於它是作者為了講給特定孩子聽而寫的作品，許多兒童文學名著其實都是如此誕生，譬如我書中提到的《愛麗絲夢遊仙境》、《柳林中的風聲》、《金銀島》都是如此。

與其想著要寫給大多數「孩子們」看，還不如想著要寫給某一個特定孩子看，比較容易創作出名作吧。以不特定多數「孩子們」為對象的時候，人類靈魂深處那一份不可思議，是不是也就跟著消失了呢？相形之下，如果只是想著讓眼前的這個孩子開心——不管他有多小——或許種種未曾想過的奇想妙思就於焉而生。

03 另一個「我」

我在第一節裡，提到了「我」這個存在是多麼地不可思議、多麼奇妙。在這世界上，只有一個「我」。自古以來便有許多嘗試，從不同面向去觀察「我」的存在，並從中發掘出「另一個我」。這種作品在成年人文學作品中所在多有，其中非常知名的就有《金銀島》作者史蒂文森的另一部傑作《化身博士》（*Strange Case of Dr. Jekyll and Mr. Hyde*）[6]。故事中，傑奇爾博士藉由某種神奇的藥物讓自己化身為一個邪惡化身「海德」，平時他過著正常的生活，但化身為海德時則無惡不作。

6 《化身博士》，R．L．史蒂文森著，范明瑛譯，遠流，二〇一三年。

這故事會讓人覺得很荒唐無稽，可是也忍不住受它吸引，其中原因應該是我們心底也隱隱約約察覺自己內心還住著「另一個我」吧？我，是個好人，但另一個我則等同於「惡」。這種二分法委實簡單易懂，但實際人生卻非這麼清楚簡單。兒童文學裡也有許多探討「另一個我」的作品，其所涉獵的層面更深更廣、更為複雜。雖然我在其他地方討論過這個議題，不過當我們思考本章的主題「不可思議的人」時，無可避免必須探討這個議題。因此請容我換個角度，再度與大家一起想一想。

痊癒之力

《化身博士》裡的海德是邪惡的化身，事實上，在二十世紀初始大量出現的雙重人格病例中，第二人格時常被劃分為「惡」的象徵。這種第二人格時常被當成壞人，要盡力消滅。不過這種觀點很早就受到了分析心理學家榮格（Carl Gustav Jung, 1875-1961，瑞士心理學家，分析心理學創始者）的否定，榮格認為第二人格含有發展為新人格的可能性，當我們過度將其中一種人格當成「善」的時候，另一種人格無可避免便會被當成「惡」，以便讓我們掌握全貌。但唯有當我們能讓這兩種人格巧妙平衡的時候，人性才有可能更豐富、更柔軟。

更進一步探討，我們會發現新人格中可能隱含能讓我們自我療癒的可能性。這種「另一個我」的想法，對於習慣從現實層面去單一解讀人生的人來講，或許只是混亂的根源，但其實想得深入一點，「另一個我」應該具有療癒功能。這種情況特別是在我們所稱的第一人格——也就是日常生活中的「我」——生病了、受傷了的時候更加顯著。

瓊・羅賓森（Joan Gale Robison, 1910-1988，英國作家、插畫家）的《回憶中的瑪妮》（*When Marnie Was There*）[7]便成功描寫了這樣的情況。這問題

7 《回憶中的瑪妮》上、下冊，瓊・羅賓森著，王欣欣譯，台灣東販，二〇一四年。

我在其他地方詳細討論過[8]，因此僅在此簡單陳述。主角安娜是個面無表情、情感從不外露的少女，她的雙親早逝，生活在孤兒院中時，她養成了這種性格。此外，安娜還飽受氣喘所苦。

某一天，忽然出現了一位神奇少女瑪妮，療癒了安娜。可是到了故事尾聲，我們發現瑪妮其實是住在安娜心底的人，也就是安娜的「另一個我」。安娜在跟瑪妮來往的過程中，找回了長期以來失去的情感，而當然在這樣的過程中，也必須有他人的陪伴與支持。做為主要支持者的，便是接安娜來家裡休養的貝格夫妻。可是在安娜的療癒過程中，最重要的角色無疑還是瑪妮。瑪妮突然出現，也在安娜恢復後跟著消失。

喬治與我

我們再來看一部描寫「另一個我」的傑作——《喬治與我》（*George*）[9]。作者柯尼斯伯格（Elaine Lobl Konigsburg, 1930-2013）很擅長描寫生於現代美國中產家庭的孩子——從外人的角度來看，根本是沒吃過苦的天之驕子——為了打造出真正屬於自己的人生，是如何吃足苦頭。表面上他們好像一帆風順，實際上每個孩子各有各的苦。將這種事實，從存在於某個男孩心中那神奇的「另一個我」的角度書寫出來，便是這本《喬治與我》。在此且讓我引用一開始的內文：

喬治是這世界上最莫名其妙、最微不足道而且還是嘴巴最不乾淨的一個傢伙。知道這件事的只有兩人，霍德．卡爾跟他哥哥班傑明．迪金森．卡爾。班傑明為什麼會知道，是因為這全世界最莫名其妙的傢伙，就住在他身體裡。至於霍德為什麼會知道，那是因為除了班傑明以外，喬治這傢

8 《讀孩子的書》，河合隼雄著，講談社＋α文庫，一九九六年（岩波現代文庫，二〇一三年）。

9 《喬治與我》，柯尼斯伯格著，松永富美子譯，岩波少年文庫，一九八九年。

伙只跟他講話。

小班（班傑明的暱稱）跟霍德雖然是親兄弟，但兩個人表現南轅北轍。小班是個人見人誇的「好孩子」，成績好得不得了，還上了為資優生特別成立的亞思樂實驗學校。反觀霍德，是人家所謂「什麼也不會，光會回嘴」的問題兒童，連在幼稚園都被趕出來。但霍德糟糕歸糟糕，小班身體裡的喬治卻很喜歡他，時常跟小班說

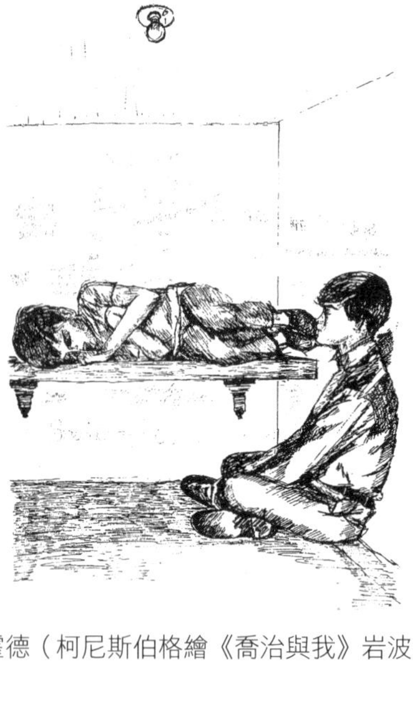

小班與霍德（柯尼斯伯格繪《喬治與我》岩波少年文庫）

他有什麼優點，於是小班也逐漸喜歡上了這個暴躁的弟弟。漸漸的，霍德也發現了喬治的存在，兩人開始交談。

就這樣，小班、霍德跟喬治「**三個人**」成了好朋友（外表上只有兩個人），然而後來小班跟喬治之間的友誼開始出現裂痕。小班因為成績優異，獲准與高年級一起學習有機化學，「自從小班一頭栽進了科學的領域後，喬治感覺自己完全被忽略了」。

> 喬治覺得人不能只是學習，還要懂得享受學習過程中的樂趣。可是小班一心一意只有目標，眼裡只剩下科學，害得住在他身體裡的喬治，連停下來聞一下花香的機會都沒有。

至此，作者已點明了喬治存在的意義。在學校教育中（這點美國與日本居然意外相似），全力追求目標的小班應該會被認為是好學生、好孩子，但喬治呢？假設他真的能去上學，大概也只會被當成「壞學生」吧。

小班跟喬治開始屢生齟齬，原因出在高年級裡一位特別傑出的學生威廉。小班很想親近威廉，但喬治卻很討厭威廉。威廉這孩子不但功課好，會空手道，甚至連法國菜也做得很好，打扮更是帥氣有型。「威廉在亞思樂裡是傳奇人物」。在美國光會念書可不行，還得在各方面「鶴立雞群」。威廉就是這樣一個樣樣出眾的菁英，也難怪小班會那麼崇拜他。

可是喬治卻很厭惡威廉。為什麼呢？「因為他才不是真的那麼與眾不同，他只是假裝自己好像很特別似的。喬治最討厭這種人了！他厭惡頭腦普通，卻裝得好像自己是個天才似的人」。而且「喬治喜歡好奇心旺盛、會關注到事物本質的人。但威廉卻恰恰把這種特質踩在腳底下（假使他有的話），一天到晚只會裝腔作勢、炫耀成績又進步了什麼的」。

小班跟喬治之間的心結隨著威廉的存在而愈結愈深，終於在某個意想不到的情況下爆發。

制度下的陰影

小班的父母離婚了，小班跟霍德跟著母親，父親則跟別人再婚，搬去了很遠的地方。小班有時候覺得父親會離開，一定是因為霍德太難管教，但有時他又會懷疑，如果自己表現得再好一點，父親會不會就留下來了？他並不懂男女之間的微妙情感，只是一勁兒的東想西想，苦惱反省「拋棄自己與家人」的父親與他們這些孩子們的關係，可是大人們並不知道。

美國離婚率很高，只要夫妻雙方面同意，離婚很容易，可憐的是小孩，無可選擇地被迫失去了雙親之一。

無論如何，這都是很嚴重的問題，於是便有了「探視權」的制度，讓孩子可以見到分居的父親或母親。這是美國的優點，會考慮到種種問題，致力於制定合理的法律。而且就算法律與現實脫節了，一旦制定，美國人便會努力遵守。這點跟某個國家很不一樣。

然而法律是人想出來的，不可能十全十美，並不是只要想出一個「好辦法」，就可以一次解決所有難題，人類社會裡沒有這等好事。在這方面，作者柯尼斯伯格很精闢地描寫出了孩子在大人所想出來的這些「完善」制度底下的感受是什麼？究竟如何生活？

小班對於去父親家裡玩這件事，既期待又怕受傷害，感覺像是一邊吃著的美味的西瓜時，一邊怕咬到西瓜籽一樣。他希望見到父親時，能夠抬頭挺胸，讓父親看到他的成長、進步！可是又不免懷疑，如果自己真的那麼優秀，優秀到人見人誇，父親又怎麼可能拋下他們呢？這種想法不斷折磨著他。小班想讓父親看看，他拋棄他們跑去維吉尼亞州諾福克結婚，錯失了多少事情！從去見父親的幾天之前，他便一直預想自己出現在父親面前時的情況。等到見完了父親回來，他也會連想幾天，評量自己的表現。

小班（與喬治）還有霍德，趁著聖誕節時去諾福克找父親。當時小班的心情一如前述。在制度上，孩子們去找他們「思念」的父親，同時他們也得跟父親再婚的對象瑪莉琳見面。瑪莉琳大方地包容他們。

瑪莉琳要孩子們叫她「瑪莉琳阿姨」或「小姨」，可是「霍德從見面時開始，就決定自己想叫她什麼，就叫她什麼，反正他與她又沒有血緣關係，所以他只叫她瑪莉琳。她就只是瑪莉琳而已。」

父親與瑪莉琳生了一個小女嬰芙蕾蒂嘉。霍德看見父親與瑪莉琳為了這小女嬰的一點點事，就慌慌張張的，他很不開心。「她只是嘛奶、吐奶罷了，父親居然比知道我會認字時還大驚小怪。什麼同父異母的妹妹啊！我看豈止母親不一樣，連腦袋都不一樣吧！」霍德氣得不得了。喬治安慰他，「那個人，小得跟個什麼似的，又禿頭，一天到晚溼答答，你看她不是上面濕就是下面濕。我們比她強多了！」在「良好的制度」底下，孩子可是辛苦地在拚命適應呀。

為了切割而切割的知識

威廉與小班的實驗室陸續遭竊，小班被波及。這時候，喬治說威廉很可疑，可是小班一心想討好威廉，當然幫他說話。就在小班去父親家住的某一天晚上，喬治終於忍不住對小班開戰了。他大吼小班，而小班也搬出了所有他知道的化學知識來幫威廉辯護。喬治氣得罵他千萬別變成一個「化學怪咖」，而小班卻誤聽成「化學家」，說我想當的就是化學家呀。喬治愈聽愈氣，吼著告訴他：

我打算在你旁邊好好盯著你！免得你變成只會把東西分門別類、裝進那些又小又可愛的化學瓶裡的化學狂！你呀、你呀，我告訴你，你以後千萬不要變成那種只要有什麼你不知道的東西，就隨便找個瓶子塞進去、然後隨便貼張標籤的化學家！哈！我知道化學有一大堆公式跟限制，可是我呀！我這個低級又下流的喬治，我就是要把你從那些限制裡頭拉出來一點點，讓你晃一晃、動一動。懂了嗎？我要讓你這個屬於我的身體，活得像個人！

這番話真是說得太精采了！當一個人什麼東西都想分門別類、以為自己無所不知的時候，就不再是一個人。人要有勇氣去面對變幻莫測的世界，去顛顛簸簸、搖搖晃晃，享受其中的自由。

只可惜喬治這番話雖然說得精采，可是嗓門太大了，被瑪莉琳聽見。瑪莉琳聽了「兩人」的對話後心神難安，更慘的是她曾經很努力在大學裡修過心理學，而她正好具有喬治所說的那些「死化學狂」的特性。瑪莉琳很快把小班給「分門別類」了，她告訴小班，「你是精神分裂症喔，小班。你有偏執型精神分裂症」。

瑪莉琳很快採取行動。她打電話給小班的母親，說服她趕快帶小班去看精神科醫生。為了要讓小班早點離開，瑪莉琳甚至還告訴他，「這都是為了你好，也是為了芙蕾蒂嘉好」。在過程中，她對於心理學的知識幫助她快速分門別類並切割掉小班。她一語道斷小班得了「精神分裂症」，並成功地把這異常分子從自己**正常**的家庭中切掉。這種帶有「切割力」的知識，是不是也早就在我們現代社會中橫行霸道了呢？

人類的知識，一開始當然是源自於「分類」。人區分出了天與地、火與黑暗，這樣一路區別與發展下來，才建構出了如今便利的社會。瑪莉琳只不過是快速區分出「危險物品」，藉由馬上隔離來保護自己心愛的芙蕾蒂嘉得以「正常發展」。

可是這樣真的好嗎？以喬治的話來說，「人不是這個樣子的！」如果瑪莉琳能夠多一點所謂的「愛」——一種對人類來講難以理解、不可思議的情感——而不是用自己半桶水的知識去區別，她一定不會切割掉小班，她所煩惱的會是該怎麼樣去與他產生連結。而要「連結」，就得靠故事，不是以知識切割，而是以故事連結，去創造出得以連結的故事。這才是喬治所謂的「人」吧。

不過幸好瑪莉琳雖然切割掉了小班，但小班可沒有這麼輕易被擊潰。小班的「另一個我」喬治繼續在故事中大顯身手，讓小班與這個世界保持良好連結。故事的後續發展，就煩勞讀者朋友自己去看書了。在此，關於一個人在成長為「人」的過程中，奇異的「另一個我」能發揮多大作用，已闡述得相當明白，本節就先告一段落吧。

04 奇特的家族

所謂的「家族」，真的很奇怪。其中，夫妻關係算是成立在雙方面的共識上（當然也有例外），其他關係則是自動成立，完全不管當事人怎麼想。不過我們現在先跳過這個問題，來看看有別於一**般家庭**的奇特家族，藉此來思考「家族」這件事。

假的孤兒

波蘭政府為了遏止華勒沙（Lech Walesa, 1943- 波蘭人權運動家，曾任波蘭總統）率領的同夥勢力愈來愈壯大，頒佈了戒嚴令，全波蘭從此進入了黑暗時代。就在這樣的某個冬天。雖然經濟不寬裕，但瑪爾德．蕾凡芙絲卡太太還是想給家人準備一點好吃的東西，讓大家開開心。正當她在準備午餐時，門鈴忽然響了。

玄關外站著一個「穿著看來昂貴的皮毛外套，頭戴著兔毛貝雷帽、披著蓬鬆圍巾，穿著一雙進口高級皮靴」的小女孩。小女孩大概只有六歲左右吧。瑪爾德太太心想，「那雙皮靴大概要我先生一個半月的薪水？」但她還來不及訝異呢，小女孩已經開口說：「我想吃午餐」。瑪爾德看到她狂吞口水的樣子，明顯是餓壞了，趕緊要她進來。全家人很大方地與她共進了一頓愉快的午餐。一會兒後，有人問，「妳爸媽呢？」小女孩回答，「死了。得了支氣管炎死了」。

吃飽飯後，女孩朗誦了一首詩作為謝禮，但讀到一半忽然記不起來，斷斷續續的。大家問她是誰教她這首詩的，小女孩又說，「是我爸爸」。真搞不懂她父母到底還在不在？總之是個奇怪的小孩。

這段故事來自《克萊絲卡十五歲——冬季尾聲》10，為波蘭作家毛格嘉塔．慕謝羅薇琪（Malgorzata Musierowicz, 1945- 波蘭兒童文學家）的名作。一如書名所述，主角是個十五歲的少女克萊絲卡。故事描述在騷動不安的波蘭社會氛圍中，她是如何懷抱少女情懷追求愛情。這是一部名作，書中有一個非常生動的角色，就是這個神祕小女生葛諾薇法。

葛諾薇法每天一到中午，就隨便找戶人家推門進去說要吃午飯。明明是糧食緊縮的時代，大家卻都大方跟她共享。葛諾薇法好開心，總是一直講話講不停，還直說自己爸媽已經死了。

其實葛諾薇法的爸媽還活得好好的，而且兩人都是**有頭有臉**的人物。就如同其他兒童文學所描述的，葛諾薇法這兩位**傑出**的父母親令人不敢恭維。他們並不「壞」，只是每個人有每個人的生存方式，大家都拚了命地討生活，然而只要有哪個環節出了點差錯，麻煩隨之即來。葛諾薇法的父親是個大忙人，在政府裡任職；母親是老師，也每天忙得不得了。兩人都為了其他人的小孩、為了國家忙得團團轉，根本沒時間留給自己的孩子。但小孩又不能放著不管，於是兩人去上班的時候，就把葛諾薇法託給附近鄰居，付了豐厚謝禮，也準備了充裕食物，不料葛諾薇法卻偷偷溜出去到處「午餐約會」。

她母親氣瘋了。「妳爸媽說，難道妳不知道他們這樣拚死拚活都是為了妳？還說，難道奧蕾莉亞（葛諾薇法本名）不知道，為了要讓她不愁吃穿、應有盡有，他們吃了多少苦。」

可是要讓小孩子「應有盡有」是不可能的。當父母親覺得自己「為了這小孩什麼都做了！」「什麼都給了！」的時候，何妨再想一想，他們自認為已達成了這種不可能的任務，難道不是因為想掩飾心底那股莫名的空虛？擔心沒有盡到一個父母親的責任？

葛諾薇法在別人家，會開心地連喝兩杯被稱為Rosol的波蘭清雞湯，但在

10 《克萊絲卡十五歲——冬季尾聲》，M．慕謝羅薇琪著，田村和子譯，岩波書店，一九九〇年。

自己家裡卻對這種湯連看也不看。不解之下，葛諾薇法的母親去問別人如何料理，卻發現大家的調料都差不多，心煩氣悶之下，葛諾薇法的母親甚至還問了，「該不會是加了鴉片吧？」結果得到這樣的回答，「對呀，應該是鴉片吧，心靈鴉片。」這是葛諾薇法家所沒有的，而她想喝的不過是一碗真心誠意的清湯。

葛諾薇法雖然父母健在，卻是個假性孤兒，是心靈孤兒。幸好最後她與母親終於母女同心。就像一開始所提，這部故事所描繪的是進入青春期時的男女愛情，但葛諾薇法這個活靈活現的謎樣小女生，卻令人難忘。凜冽的寒冬中，忽然出現在物資缺乏的波蘭街頭，這一身華貴裝扮的假孤兒，讓我們體悟到：家人之間的心心相繫才是最重要的。

家族繫絆

謎樣女孩葛諾薇法告訴了我們家人之間心連心的可貴，但「家庭」並不是這麼簡單而已。大江健三郎在〈家族牽絆的雙面性〉[11]這場演講中這麼說：

> 我們人要在自己也有了家庭後，才會知道養育孩子與打壓孩子這兩種角色，似乎無論如何就是會同時產生。隨著小孩逐漸長大，他們在深受父母影響的同時，也必須反抗父母才得以成長。這種雙面性是存在的，而我們並不見得必須去否定它。

我們如果沒有意識到家族繫絆所具有的雙義性，便容易犯錯。稍微聊得遠一點，其實早在平安時代，日本人就已清楚意識到了「繫絆」的雙義性，這點在平安王朝的文學中時常可見。是不是很令人訝異呢？的確，「繫絆」這個字出現在王朝文學裡時，幾乎全讀作「絆（ほだし／hodashi，拘絆之

11 出自《曖昧日本中的我》，大江健三郎著，岩波新書，一九九五年。

意）」，用來表現自己無法按照心意去做，想切斷拘絆。在這裡，切斷拘絆所代表的是**出家**。年紀大了想出家，但礙於家族之情而**受拘絆所累**。

現代人在孩子蛻變為成人的過程中，即意識到家族繫絆所具有的雙義性，平安時代的成年人卻是在迎接死亡時才認知到這事實。這非常有意思，直到現在我還覺得，這雙重意義同樣重要。不過現代人活到老了，有時候也沒什麼非切不可的拘絆就是了。

有些人可能會覺得我說得太誇張，其實並沒有。正如我在〈小孩與老人〉那一章裡提到的，老人與小孩其實格外相似，相似到了我們甚至可以在思考小孩子的議題時，把老人也一併考量進來。我們可以從許多兒童文學中學到許多關於高齡議題的見解。從這層面上去思考家族繫絆時，《彼得潘》（*Peter Pan and Wendy*）[12]裡有一段很令人印象深刻的描寫。

《彼得潘》是個人人皆知的故事，我想我應該不用多做介紹。當彼得潘帶著溫蒂等人回家時，看見溫蒂他們與父母親緊緊擁抱在一起，他覺得「世上再也沒有比這更美的光景了」。他自言自語，「雖然我知道那麼多其他小孩不會知道的快樂，但唯有眼前我從窗外看見的這景象，是我一輩子都感受不到的喜悅」。

這段文字，我是這麼解讀的：「沉醉在家族繫絆所帶來的整體感之中的人（不論年齡），絕無法體驗到彼得潘所懂得的種種無窮歡樂」。

溫蒂與彼得潘所經歷到的，是極其難得的神奇歷程，可是為了要體驗到這些，卻必須切斷與家族的「繫絆」。這點對老人來講也一樣。對彼得潘而言，「死」一點也不可怕。後來他回去見溫蒂時，溫蒂提到了他為了解救她們而殺了虎克船長的事情，彼得潘卻完全沒有印象。他不置可否地說：「我殺完就忘了」。

彼得潘是絕絕對對、完完全全自由之人，這是如何令人欣羨哪！現代有許多「長不大的男孩」，因為他們無法切斷與母親之間的繫絆，彼得潘卻截然不同。我希望我們都不要忘了這點。

12 《彼得潘》，詹姆斯·馬修·貝瑞，葛窈君譯，國語日報，二〇一五年。

被虐待的孩子

在日本以《地海》系列為人熟知的娥蘇拉・勒瑰恩（Ursula Kroeber Le Guin, 1929- 美國知名奇幻小說家，深受老莊思想影響）地海傳說第四集《地海孤雛》13（*Tehanu*）中，出現了一名奇特的女孩瑟魯（**真實名字**為忒赫努 Tehanu）。這位少女的出現，為我們思考今後新的家族型態，帶來了許多新方向。父親格得、母親恬娜與瑟魯之間並沒有血緣關係，這種情況在我們先前討論到的《清秀佳人》與《納岡和星星》中已出現過了，兩者都是孤兒。但瑟魯卻不是孤兒。她是個被父母虐待的小孩，雙親將她丟進火海裡拋棄。

格得、恬娜與瑟魯這三人所組成的家庭極其不可思議。格得以前是個大巫師，能隨心所欲呼風喚雨，但如今呢？「我已經失去了所有力量，一無所有。我的法力都已經用光了，什麼也做不了。」是的，他已經失去了一切，什麼都沒有。而身為母親的恬娜呢？恬娜原本應當成為地底世界的女王。當格得把她帶到地上世界來時，她應當相當迷人。可是之後她選擇跟一個平凡人弗林特（Flint）結婚。在丈夫去世、兒女獨立之後，她差不多也成了一個普通的歐巴桑了。至於這家庭的小孩呢？瑟魯的將來似乎看不見一線希望。

「我真的不知道。」格得對於三個人該怎麼生活下去說，「不知道為什麼，我就是知道妳不會反對繼續把那孩子留下來。為什麼明明知道她的未來會如何，卻還是要把她留在身邊。或許這一切都只是大時代洪流裡的一部分吧。這是個破滅的時代、黑暗之世、迎向末日的時代。」

可是這樣的結合不正很適合他們當下的狀況嗎？所謂「巫力」，難道不是指人可以隨心所欲「掌控」他者的力量？人類——尤其是男人——太過於相信自己可以掌控一切。自以為只要聽著他的話去做就沒錯。女人則順從著男人，雖然沒有**巫力**，但可以憑藉著**魅力**去掌握男人、被動地掌控男人，因此女性在磨練自己這樣的能力。小孩子則藉著自己「將來出人頭地」的可能

13 《地海孤雛》，娥蘇拉·勒瑰恩著，段宗忱譯，繆思，二〇〇七年。

性來操控父母。但這樣的時代已來到了盡頭。靠著掌控無法得到幸福。一對既沒有巫力也沒有魅力的伴侶，與一個瘡痕累累難以痊癒的小孩，這一家人就活在如此閉塞困頓的狀況之中。

不會出現任何超凡人物來解決這一切困頓。「現在沒有什麼柔克島的大賢人了」。沒有人可以給全體帶來一線光明，指出應該走的方向。賢人既失，庸人群起，格得與恬娜在這樣的庸人包圍下，著實吃了不少羞辱。最後反而是孩子將這樣的雙親拯救出來。原來瑟魯是龍族之女，她喚醒了龍族之力，解救了雙親。

龍是自古存在的生物，非善亦非惡。超越了人類對於善惡的判斷，也在人所能掌握之外。人無法利用一己的知識、意志去利用它，卻可以透過受虐之人、被排斥的人、弱勢者去接近它。今後世人的家族形式應該會產生巨大轉變。不過即便人擁有了更強大的力量，在沒有家族的情況下要過得幸福，依然是路途艱難。

第四章

不可思議的鄉村小鎮

說起來，兒童文學裡時常出現一些詭異的**鄉村小鎮**，或許我們可以稱之為「不可思議的場所」。進入這樣的場所，就會碰到很多離奇費解的情況，發生一大堆稀奇古怪的事情。接下來要介紹的，有住了一大堆怪人的村子，也有神祕妖精的居所，更有一般人無法到達的國度。有些人可能會覺得這些故事荒唐無稽，幹嘛說給小孩子聽呢？什麼意義也沒有。要說就該說一些更有道德價值的、更科學知性的。

可是，大家想一想，我們當下所居住、所生活的這個世界，真的一點稀奇古怪的事情也沒有嗎？如果沒有，就更不可思議了。鄰里間，無法令人敬重的人居然當里長，父母在背後大聊我們敬重的老師閒話，一天到晚叫小孩「不可以說謊！」的大人卻成天隨口瞎掰。種種奇怪的現象，看在小孩眼裡，當然會覺得很「不可思議」吧。

再繼續想想。假設村子的邊角上長了一棵杉樹，當你開始覺得「為什麼」，只要一想下去，問題便接連湧現。怎麼會孤伶伶長了一棵樹在那裡呢？它在那兒經歷了那麼長的歲月，到底都看見了什麼？會訴說嗎？它真的是「杉樹」嗎？它真正的名字是什麼？一想起來就沒完沒了。

這些從心底浮現出來的「為什麼」，會蘊生各式各樣的思考，把我們的心靈培養得更寬廣、更豐美。如果我們覺得每天生活的世界尋常無聊，不妨去一些「稀奇古怪的小地方」走走看看，這些不可思議的奇境，應該會讓我們的日常重現活力。小孩子之所以喜歡聽一些稀奇古怪的故事，原因就在於此。大人覺得**沒什麼**的地方，小孩卻永遠可以找到不一樣的奇特處。

01 不可思議的奇境

說到不可思議的奇境，喜歡兒童文學的人應該馬上就會連想到《愛麗絲夢遊仙境》[1]。這部作品是兒童文學的經典，也是「奇境」故事的經典，最早出版於一八六五年，距今已經一百多年了，在這段時間裡，不曉得全世界到底多少人看過了這本書，而今後想必也會有很多人繼續捧讀。

故事一開始，就是講給愛麗絲這個小女孩聽的。作者道奇森是牛津大學數學教授的這件事，也很有意思，在架構出書中奇境的時候，不曉得他的邏輯、重視合理等特質，有沒有派上用場呢？說起來，《愛麗絲夢遊仙境》倒也不是非常典型的奇幻世界，書裡到處看得見充滿數學家性格的邏輯遊戲。

兔子洞

愛麗絲看見一隻奇怪的兔子，從後面追上去，跟在兔子身後，「想也沒想就跳進了兔子洞」。

兔子洞裡的世界跟外頭完全不一樣。我心想妳懵懵懂懂跳進去，萬一回不來了該怎麼辦？一起了這念頭，我就很想勸她，「跟著跳下去是沒關係，但要想想該怎麼回來呀！」幸好愛麗絲雖然有勇無謀地一躍跳進了兔子洞，但歷經了一番神奇體驗後，還是平安回來。

讓我們來思考一下，如果「跳進」了未知的世界會怎麼樣？譬如說「想當心理諮詢師幫助別人」什麼的就屬於這一類。每次聽到這種話，我這種老頭子就忍不住想嘮叨，「什麼『幫助別人』哪？想得太簡單了！哪有這樣就

1 《愛麗絲夢遊仙境》，路易斯·卡洛爾著，劉思源譯，格林，二〇一五年。

跳下來的？」或是「你知道這條路有多艱辛嗎？」可是回頭想想，當我們站在「未知的世界」之前，本來就不可能「預知一切」，這種事，我不用請教數學教授道奇森都知道。以我自己來說，當初也是只想著「可以幫助別人」就跳了進來，即便當時什麼都不懂。

所以對於那些想「跳進」兔子洞的人，什麼都不必說。重點在於跳進來之後。說些事前該怎麼樣、有些什麼心理準備的，都跟現況不符，所以頂多只須說一句「要是回不去了，我可不管唷」。至於愛麗絲跳下的那個「兔子洞」到底通往了什麼樣的世界，這點請容我稍後再述。

愛麗絲想也沒想就跳進了兔子洞，但這並不是唯一通往「謎樣世界」的方法。上野瞭在〈兒童文學裡的「謎樣世界」〉中就表示，通往「謎樣世界」的「通道」具有極重要的意義[2]。他以兒童文學名著《湯姆的午夜花園》為例，指出湯姆前往午夜花園時所利用的「後花園裡的門」，正是他通往「謎樣世界」時的「通道」。「不只是對於湯姆而言，對讀者小朋友也是他們通往『奇異世界』時的重要『通道』」。他接著明確闡揚了「通道」的特質。

只要一穿過那裡，便進入一個完全不同的世界。在那扇門的前方，是尋常無奇的日常生活。但一穿過了那扇門，便進入離奇的天地。退出那扇門，又回到了日常生活。從現實通往離奇、從離奇回到現實。這來來回回、反反覆覆的樂趣，便藉由「通道」的存在而得以成立。

湯姆有一個明確的「通道」，可以讓他享受往返於兩邊的樂趣，但愛麗絲沒有。愛麗絲的「兔子洞」並不是「通道」，它只是一個「入口」，沒辦法讓愛麗絲回到原來的生活。在故事最後，作者把整個歷程設定為一場「夢」，讓愛麗絲得以夢醒回到原來的生活。就文學結構而言，這樣的設定

2 《現代兒童文學》，上野瞭著，中公新書，一九七二年。

有點可惜，不過由於這是一百多年前的作品，也沒辦法啦。而後兒童文學史上才出現了像菲利帕．皮亞斯這樣巧妙設定出通道的作者，我想，這麼說應該沒什麼問題。

偏差的座標軸

讓我試著模仿道奇森，以比較數學的講法來說好了。假設我們要明確指出某個人或某個東西的位置，我們就要先確定正確的座標軸。由於有些人不喜歡x軸、Y軸，所以我們換個方式。假設今天我們要跟人約在京都的某個地方碰面，譬如「今天下午兩點在四條西洞院通碰頭？」由於京都的馬路像棋盤格一樣方整，「四條西洞院」指的就是東西向的四條通與南北向的西洞院通的交叉口。只要時間也指定了，那麼下午兩點去到那裡，就可以找到對方。

但「兔子洞」裡卻不一樣。眾所皆知，愛麗絲進了兔子洞後，身體一下子變長、一下子縮短，假如四條通跟西洞院通也像她的身體那樣又長又短，問題可就大了，搞不好連要確定哪條馬路是哪條都很困難。而且兔子洞裡最可怕的是，連時間也亂七八糟，首先，那兔子的懷錶到底能不能相信哪？愛麗絲被邀請去參加（連自己也不知道到底有沒有受邀的）「瘋狂茶會」時，看見兔子把懷錶塗上奶油，又把它泡進紅茶裡，愛麗絲怔愣不已，「怎麼會有這麼奇怪的懷錶？可以知道日期卻不能知道時間？」但問題是連日期都已「錯了兩天」呢，真是個令人害怕的懷錶。

說起來，愛麗絲掉進「兔子洞」之後，時間的感覺就已經變得很奇怪。

變高的愛麗絲（約翰・坦尼爾繪《愛麗絲夢遊仙境》岩波少年文庫）

「愛麗絲一邊往下掉，一邊悠哉游哉地東張西望，而且還有時間猜測下一步會發生什麼事。」她一邊往下墜，一邊還從某個架子上拿起茶壺，再把它擺在別的架子上。時間流動得無比緩慢。

我們都深信時間的流動速度對誰來講都一樣，所以才能在某月某日的某個時間去跟某個人見面或開會。只要是在地球上，不管在哪裡，「時間」尺度到處通行，於是我們得以召開國際會議。這件事很了不起。

可是在兔子洞裡，所有這些日常生活中我們引以為基準的時間跟空間尺度，全都亂了套，一切混沌不堪。做為基準的座標軸亂掉了，什麼都無法定位。愛麗絲一留神，發現自己的身體變得好巨大，「噢，我的天哪！今天到底是怎麼回事？怎麼一切都這麼**奇怪**？明明昨天還那麼正常，難道是夜裡發生的變化？讓我想想，我今天早上起來時是不是還是我自己？等等，我想起來了，好像從早上就覺得有點不對勁，但是，如果我不是我自己的話，『那我到底是誰呢？』」愛麗絲連自己是誰都搞不清楚了。

不過，我們所在的這個世界，難道每個人的時間跟空間尺度都一樣嗎？

明明是同樣長短的時間，有時候覺得太快、有時候覺得太慢。一樣的距離，有時覺得遠、有時覺得近。所以我們每個人「度過」的時間跟空間其實並不相同，如果忘了這點，我們就可能被時間與空間的量尺所束縛，過著無趣的日子。當我們從愛麗絲的國度回頭眺望我們所存在的這個世界，應當會看得更明白。愛麗絲所經歷到的或許很「不可思議」，但如果這世界上的時間跟空間尺度完全一樣，那才更**奇怪**呢。

不可思議的理論

愛麗絲的謎樣國度裡，充滿了各種荒腔走板的怪論，接下來讓我們看看其中一個非常典型的例子。愛麗絲脖子變長的時候，鴿子見到了尖叫「蛇！」愛麗絲辯解自己並不是蛇的時候，她跟鴿子之間有一場對話。

「妳就是蛇！妳辯解也沒用，難道妳還要告訴我，妳連一顆蛋都沒有吃過嗎？」

愛麗絲是個很誠實的女孩子，所以她老實說：「我吃過蛋呀，但一般女孩子也跟蛇一樣會吃蛋的。」

「我不相信。假如她們吃蛋的話，那她們也是一種蛇。」鴿子這麼說。

在這裡，鴿子的三段論推理可以寫成以下公式。

蛇吃蛋。

愛麗絲吃蛋。

因此愛麗絲等於蛇。

這種直言三段論稱為直言命題3。可是很明顯，答案是錯的。一開始大家用這種命題邏輯來解釋精神病患者的妄想情況時，關注的是它病態的一面。譬如有位女患者堅信「我是聖母瑪利亞」。你問她為什麼，她說，「因為聖母瑪利亞是處女，我也是處女」。這種推論方式就完全吻合直言命題邏輯。

但我們在詩性表現上或在創作一開始的發想時，也可以觀察到這種直言命題式的思考方式。譬如以「她的眼睛是海」這句子來說好了：

她的眼睛是（　）。
海是（　）。
因此，她的眼睛是海。

如此這般使用直言命題。當對於括弧中的想像改變時，對整句話的解讀

3 《「身體」的結構——超越身體論》，市川浩著，講談社學術文庫，一九九三年。

也會跟著改變。不過在這種情況下，敍述者並不像先前提到的患者那樣真的堅信「她的眼睛等於海」，那麼為什麼不要乾脆說「她的眼睛似海」呢？因為如此一來，整句話的強度便削弱了。而且有些時候，它讓人感覺傳遞了某種真實。

從這個角度去看，會發現《愛麗絲夢遊仙境》裡以許多詭譎的邏輯，來推斷出各式各樣奇怪的結論，故事也時常突然在某個地方大轉彎。當我們要試圖去**證明**什麼時，必須要有正確的邏輯。可是當我們試圖去發現什麼時，則必須要有從疑點重重的地方大膽切入的果斷。奇怪的邏輯中，往往存在讓我們發現一些什麼的契機。但是要把這些發現講給別人聽時，我們必須採用合適的表現方式以及邏輯才行。

因此愛麗絲所掉進去的那個「兔子洞」裡的世界，雖然錯誤百出，卻也充滿了獨到的思考邏輯。

心靈深處

愛麗絲所掉進去的「謎幻世界」裡，同時充滿了突發奇想的創造力與精神病般的行止。書中時常出現「瘋狂」這個字眼，像是紅心皇后一天到晚想著「把它（撲克牌）的頭砍了！」那個世界裡七顛八倒，可是我們每個人的心底，不就正存在著這樣的一個世界嗎？

到頭來，原來愛麗絲是做了一場「夢」。這樣的結尾以文學的觀點來說有點可惜，但我們每個人的夢的確也是荒誕無稽。時空在夢裡偏離了日常的軌道，一如愛麗絲的夢境，夢裡的世界過去與現在混在一起，一眨眼便到了遠方，原本以為是朋友的人卻忽然成了自己的父親，換句話說，平時在日常世界裡的規則，一到了夢裡便完全不通用，日常世界裡的道德，也在夢中世界瓦解。難怪聖奧古斯丁會說，「神也會原諒人在夢裡的行為吧？」以此來自我安慰。看來即便是「聖人」也難逃在夢中悖德。

因此很多人雖然覺得夢境荒誕無稽，可是夢對進行心理療法的深層心理學家來講，卻是無比可貴的資源。就像我在提到「直言命題」時說的，乍看下荒謬無比的事情裡，往往存在著新的可能與創造性。紅心皇后沒事就想砍撲克牌人的頭，可是讓我們進一步去想，我們心中是不是也有許多牌，在不經意之間就被我們丟棄、遺忘了呢？

這種心底深層的意識，西方學者稱為無意識。一開始被認為是一種病態的異常的世界，但後來大家漸漸發現，這種無意識裡頭隱含了豐富的創造之源。如果把無意識跟現實世界搞混了，會形成病態，但如果能把無意識巧妙地帶到現實生活裡，反而會成為創造的契機。只是如何「善用」是件很難的事，而且跟每個人的性格大有關係。危險歸危險，倒是存在著許多價值。

因此可以說愛麗絲的「兔子洞」其實一路通往了我們每個人的心底。她所見識到的「詭譎」，正是我們每個人心底的「詭譎」。撲克牌人一丁點也不奇怪，當愛麗絲大喊「只不過是撲克牌嘛！」她就回到了「這邊」的世界。

02 尋常人家、尋常村落

愛麗絲掉落的國度充滿了詭譎，什麼事情好像都顛三倒四、難以思議，但也有些故事所描寫的並不是這樣的世界，而是以尋常無奇的生活場所為背景，描寫出人以及人生裡的難以思議。接下來就讓我們來看這樣的作品，阿思緹・林格倫（Astrid Lindgren, 1907-2002，瑞典著名兒童文學大師）的《歡樂村的六個孩子》（*Alla vi barn i Bullerbyn*）[4]及菲利普・唐納（Philip William Turner, 1925- 英國作家）的《薛伯頓上校的手錶》（*Colonel Sheperton's Clock*）[5]。兩部作品都以極其平凡的市街村落為背景，但所描寫

4 《歡樂村的六個孩子》，阿思緹・林格倫著，任溶溶譯，志文，一九九四年。

5 《薛伯頓上校的手錶》，菲利普・唐納著，神宮輝夫譯，岩波世界兒童文學集27，一九九三年。

的卻是發生在這些平凡地方的不平凡事，又或者是本來覺得很奇怪，後來才發現其中蘊含了不平凡之處，並藉此得以重新審視眼前生活的故事。

生日

說是「歡樂村」，但村子裡其實只有三戶人家，分別是北戶、中戶跟南戶。故事主角「我」是一個住在中戶的七歲小女孩麗莎。麗莎有兩個哥哥，分別是九歲的羅西跟八歲的伯西。南戶住了一個叫做奧利的男孩，北戶住了布麗塔跟安娜這對姊妹。書中就描述這六個小孩每天如何過著快樂的生活。

例如採蕪菁時，小朋友一起幫忙拔蕪菁賺點零用錢。還有布麗塔與安娜的爺爺的事。麗莎與安娜聽了爺爺說起離家出走的事後，決定也如法炮製，結果兩個小女孩就睡在乾草堆裡。故事裡全都是鄉下小孩沒什麼特別的日常生活。我也是鄉下小孩，兄弟又多，雖然我們住的地方不像故事裡那麼偏僻，但我的成長過程真的差不多就那樣，所以讀來深有共鳴。只是對於現代都會小朋友來講，搞不好這樣的生活才更令他們「不可思議」。

話題聊到這裡，我們先來看一下在這樣平凡的日子裡，某一個不平凡的日子。那天是麗莎生日，過得別開生面。

「一年裡頭最開心的日子，大概就是生日跟聖誕節了。」麗莎這麼說。不曉得日本的小朋友覺得哪幾天最開心呢？總之有「最開心的日子」是很棒的事，如果每一天都過得差不多，那可就無聊死了。那一天早上，麗莎很早就醒了，但她繼續裝睡。

生日早餐（艾隆・維克南繪《歡樂村的六個孩子》岩波書店）

「生日這一天，一定要裝睡到大家把早餐拿到床上來給妳才行！」於是這一天，就在她繼續裝睡的時候，全家人都笑臉盈盈地來了。母親手上的餐盤裡有「裝了熱可可的杯子、插著花的花瓶，還有一個灑了糖、加了葡萄乾的大蛋糕」。蛋糕上用砂糖寫著「麗莎，七歲」。

我覺得每戶人家最好都能各有一套慶生方式，這樣彼此的連結會更為緊密，畢竟是每個人一起創造出了自己家的歷史跟傳統。

那一天，發生了很不可思議的事。麗莎居然找不到她的生日禮物！父親說「我們一起找吧！」於是用手帕把她的眼睛矇上，將她一把扛在肩上，走出了房間。父親扛著她開始走來走去，哥哥羅西跟伯西也跟在一旁又蹦又跳，有時還抓抓麗莎的腳問：「妳猜我們現在在哪裡？」就這樣走呀走，走到了樓下，當麗莎臉上的手帕取下時，她發現自己正身在一間從來沒見過的房間裡。

原來那裡是奶奶以前的臥室，奶奶過世後就一直當成母親的紡織間。這一回大家把它整理乾淨，換上新壁紙，擺上了父親新做的桌椅跟櫃子等等，整間房間煥然一新。而且，這就是麗莎的生日禮物呢！之前她一直跟哥哥們睡同一個房間，但從今年生日起，她擁有了屬於自己的新房間。羅西與伯西趕緊把她的床搬過來，一切大功告成！

難怪父親這陣子一直窩在工作間裡埋頭製作新家具，母親也一直忙著用碎布織紡新地毯。可是麗莎一直沒想到，原來他們是為了自己的生日禮物準備。說到要整理紡織間，肯定也叫了羅西與伯西打掃，但一切直到她生日當天為止，她都不知道。全家人同心合力瞞著她。這份禮物充滿了每一個家人對她的愛。而也就在這麼平凡無奇的生活裡，閃現了光芒閃閃、特別的一天。這是多麼美好的一家人哪。

恐怖的大人

歡樂村離孩子們的學校很遠。學校位於一個叫做「大村」的村落裡，孩子們每天都要走很遠的路上下學。就在大村跟歡樂村正中間，有家名為

「史諾」（snäll）的鞋店。雖然這個字在瑞典語裡是「親切」的意思，但鞋店老闆一點也不親切，小孩子怕死他了。此外，他還養了一隻叫做史威普的大狗，成天狂吠。「我們都很怕史威普，一點也不想經過那家店，而且史諾老闆很可怕。」那位史諾一天到晚繃著一張撲克臉，還宣稱「小孩子最麻煩了！每天都要狠揍才行」。

我小時候也碰過這樣「恐怖的大人」，好像很厭惡小孩子，莫名其妙就會破口大罵。我們全都好討厭那大人，但有時候也會想去招惹他。小孩就是這樣，明知不可以還是硬要去做，引以為樂，但被抓到的話可要倒大楣了。我小時候叫那個人「拐胎」，想來是「怪胎」的誤讀。不過小孩子跟這樣的大人對抗，反而可以建立起屬於自己的社會跟文化，而且還會覺得自己家的父母「很好相處」。因此恐怖的大人，有恐怖的大人存在的意義。反而是現今大人對於小孩子來講都「太好相處」又或者是裝得很好相處的樣子，於是孩子的生活裡沒有任何「恐怖的大人」，變得平板無趣。

有一天，麗莎他們去上學後下起了大雪，六個人趁天還沒黑的時候趕緊回家。但走到了半路，雪勢已讓他們寸步難行，六個人最後沒辦法，全躲進了史諾鞋店裡。還好史諾老闆不致於在這種時候趕他們出去，但臉色可也不好看呢。六個孩子擠在屋子裡的角落，肚子咕嚕咕嚕響，但誰也不敢講。這時候，史諾老闆倒是好整以暇地泡起了熱咖啡、吃起了三明治。所有孩子都好想趕快回家、趕快吃飯。

就在這時候傳來了鈴鈴鈴的馬鈴聲。原來麗莎父親讓馬拽著除雪機出來找人。可想而知孩子們當場是多麼歡聲雷動！

抵達家門口的時候，媽媽正站在廚房前焦急地望著窗外。她給我跟羅西、伯西吃了溫熱的肉湯跟丸子，我從沒覺得有那麼好吃，太好吃了！我一連吃了三碗呢。

這一天對於麗莎而言，肯定也是難以忘懷的奇特一日。

孩子的「冒險」

《薛巴頓上校的手錶》是一部穿梭交雜了好幾個主題，妙趣無窮的作品，描繪發生在英國某尋常小鎮上的三個男孩的故事。其中聊到了不良於行的男孩大衛的腳、被寄放在大衛家裡的薛巴頓上校的手錶（這是主線），還有偷鉛塊的小偷等等，幾個主題巧妙並行，在平凡日子裡發展出了不平常的故事。在此無法仔細介紹，請讀者朋友們自己去看書。書裡，薛巴頓上校那個手錶的祕密到底是怎麼被解開的呢？很有意思，不過我也說了，這本書有好幾條主線同時巧妙並行，交織起伏，使得這本書不只是一本「推理讀物」。

有一回，大衛與他的朋友亞瑟、彼得，想要偷偷溜到教會的屋頂上探險，但出去屋頂外的迴旋梯入口被鎖住了，得先拿到鑰匙才行。彼得是牧師的兒子，知道裡頭的情況，他發現鑰匙是放在牧師祭服室的鑰匙箱內，然而那箱子也上了鎖，只有牧師與管理教會堂的查理爺爺兩個人才能打開。可是

溜往屋頂（菲利普・高繪《薛伯頓上校的手錶》岩波世界兒童文學集）

三個小鬼頭不能去拜託他們嘛，因為一定會被問「要幹嘛？」那時候總不能說「我們要上去屋頂」，一定不會被允許。

這世界很奇怪，被問到「你為什麼要爬上那裡」的時候，回答「因為山就在那裡」而勇不顧身爬上了高山峻嶺的人會被視為英雄，但回答「因為屋頂就在那裡」卻不能得到放行。說起來，大人也很奇怪，是難以理解的生物呢。

總之三個小鬼擬定了縝密的計畫，順利執行，爬上了迴旋梯。過程緊張刺激，不過沒想到一陣風兒吹來，吹開了門，查理爺爺發現可能有小孩或誰爬上了屋頂，於是三個小孩趕緊溜為上策，躲呀躲地，還躲進了管風琴裡。雖然是個難得有趣的經驗，那當下可沒時間享受呢。最後好不容易才逃掉，但在故事尾聲，還是被發現了。小孩子的冒險時常會在最後穿幫。

牧師狠狠訓了這三個小鬼一頓，罰他們在家反省。「為了要中和你們這三個詩歌隊裡的酸性，我要把禁閉當成鹼性，來中和你們！」因為這三個搗蛋鬼都屬於詩歌隊。還好這時查理爺爺出手相救。他想起了大家在孩童時代的種種「冒險」，說出了這麼一番名言：

> **冒險這種事哪，哎呀，男孩子跟冒險就像牛肉跟洋蔥一樣嘛，分不開的。**

所以這三個孩子免掉了一番責罰。事後查理爺爺跟亞瑟說，「你之前犯蠢的時候，拉大衛跟你一起去是對的。那個孩子就需要那樣子亂搞一番。不過你不能拉他去真的危險的地方唷。」真是個了不起的爺爺。不但幫不良於行的大衛解圍，還正面肯定了亞瑟的「胡搞」，但他最後還是要叮囑他，千萬不能去「危險場所」。

查理爺爺應該也算是某一種「恐怖的大人」吧？但他跟前面那個史諾鞋店的老闆比起來，可是有人味多了。

「危險」之於孩子之必要。但孩子在犯險時，正因為知道大人在旁提心吊膽，才不會跨越那危險的一線呀，不是嗎？莽撞的犯險，最終免不了慘烈的失敗，因而才更需要大人的守護。

03 土地的精靈

有種觀念是，每一塊土地與場所上都有特定的精靈。如果精靈是惡靈，我們去到這樣的場所，便會遇到意想不到的失敗與危險，但若是善靈，一到那裡我們便神清氣爽，病也好了，且創意泉湧。這種想法遍布全球各地，歷來為大家所相信，還有許多傳說，描述人們如何藉由祭祀惡靈，來避免惡靈作祟，甚至讓惡靈反過來造福人間。有些地方也因此興建神社。

這種特定土地上懷藏著不可解靈力的觀念，到了近代急遽被否定。人們站在「啟蒙思想」的基礎上，把這些想法都打成了「迷信」。沒有任何一塊土地的「引力」會跟其他土地不一樣，沒有任何一個地方會突然出現有別於其他地區的氣壓變化。當這種觀念過於強勢、橫行無阻的時候，世界就變得太呆板無趣了。就像我們每個人都有不一樣的個性，土地與場所也有不一樣的性格。當然，這一切到了最後，還是要看每一塊土地與場所上的人是怎麼想的。

很可惜的是，現代人愈來愈不相信妖精、小人，還有固存於一地的死者靈魂是真正「存在」的。可是就像我們針對《愛麗絲夢遊仙境》討論過的，人的心靈裡還存在太多太多難以理解的領域，儘管我們以科學去認知到的外在世界，是一個重要無比的現實存在，但把這個面向的現實指稱為「一切現實」，卻也太過武斷。當我們試著去理解現實所具有的多種樣貌時，我們不妨試著思考看看，在這世上的確存在著某一塊土地、某一個場所的精靈等等不可思議的存在，這樣的話，我想我們會活得更有意思。

接下來我要介紹的是露西・波士頓（Lucy Maria Boston, 1892-1990，英國小說家）的《格林諾的孩子們》（*The Children of Green Knowe*）[6]，故事裡的

6 《格林諾的孩子們》，露西・波士頓著，龜井俊介譯，評論社，一九七二年。

主角男孩陶力第一次造訪曾祖母的家時，睡在初訪之地裡某一個房間，「男孩雖然是第一次睡在像這樣的房間裡，但一點也不覺得陌生，感覺好像是睡在自己家一樣」。換句話說，這世上的確有某些地方，會讓人第一次造訪就覺得像在「自己家」。但也有些地方雖然住了很久，還是沒有「自己家」的感覺。人與場所，存在著費解的關係。

格林諾的家

《格林諾的孩子們》這部書裡，做為故事背景的「家」具有極為悠長的歷史，早從十字軍東征的時代就已存在，說是一般民宅，還不如說比較像是「城堡」。某天，一位男孩造訪了這座城堡。

男孩今年七歲，名叫陶思藍，雙親目前住在緬甸。不過「少年的生母已過世，父親後來續弦的後母跟他之間總是有著一層化不開的隔閡，於是只要後母在身邊，他就不知道該怎麼辦。」後來少年被送到了英國學校寄宿，放假期間回緬甸的路程太遠，於是住在格林諾的曾祖母邀他去度假，他便過來了。

房間就好像是城堡的一樓一樣，跟他去校外遠足時看過的那種荒圮古城很像。可是這房間一點也不荒涼，連一點荒涼的跡象都沒有。厚實的石牆是那麼堅固、溫暖而有力。房裡還擺了一些潤澤優雅的老家具，一看就清楚住在這古城裡，還是可以過著舒適的日子。

曾祖母對著陶思藍說，「歡迎你回來！」

陶思藍覺得很奇怪，「為什麼是**回來**？」曾祖母回答，「因為大家都會回到這裡呀。你跟你祖父——噢，他也叫做陶思藍——還長得真像！還好你取了跟他一樣的名字！以後我就叫你陶力吧？你祖父以前的綽號也是陶力呢。」

原來早在他出生以前，陶思藍——也就是陶力——從很久很久以前就住在這裡了，也難怪曾祖母要說「歡迎回來」。

陶力看見暖爐上有張畫了三個小孩與兩名婦人的油畫，那些人是這個家族的祖先。「帶著一匹鹿的是托比，手上拿長笛的是亞歷山大，女孩子是莉

陶力抵達（彼得・波士頓繪《格林諾的孩子們》評論社）

芮，六歲。穿著藍衣服的是他們三人的媽媽。」曾祖母這麼介紹。而站在他們身後的則是孩子們的奶奶。陶力聽完後，說他生母也叫做莉芮。

很多外國人都傳承了祖父、祖母的名字，有時候是取一樣的名字，有時候是父子同名，但在孩子的名字後面加了一個「小」（Junior）字以示區別。這種作法讓人強烈感受到了一種生命的延續。自從陶力住進了「城堡」，發現畫裡的鳥籠就擺在自己房間裡時，開始覺得畫中的幾個小孩好像也在身邊生活。

先住民

陶力很想知道畫中那幾個小孩的事，曾祖母就開始一件一件告訴他。陶力對他們的興趣愈來愈濃。晚上躺在床上正準備睡覺時，他忽然覺得「好像聽見了小孩赤腳踩在地板上跑來跑去的輕微聲響、嬉笑、細語，還有像翻動大書本一樣的聲音」。陶力覺得彷彿在夢中，「咦，那是不是亞歷山大跟莉芮正在月光下看故事書呢？」

自從陶力覺得其他小朋友好像也住在這裡，聽得見聲音跟物品的聲響後，開始覺得他們好像正在跟自己玩「捉迷藏」。他告訴了曾祖母這件事，而曾祖母一點也不訝異，神色很自然。陶力很高興，但「男孩也不曉得曾祖母是故意附和自己跟自己玩，還是她真的相信這裡還住了其他孩子呢？」

漸漸地，那幾個小孩子開始會在陶力面前現身。曾祖母也告訴他，其實她自己也跟他們玩呢。她告訴陶力，托比是怎麼漂亮地騎著當時養的那匹駿馬斐思特，還有莉芮發生了什麼、亞歷山大做過了什麼等等，換句話說，曾祖母與陶力目前正和這三個小孩同住。

更令人開心的是，陶力意外發現了三個小孩的玩具箱鑰匙，接收了他們以前的玩具。他拿著亞歷山大的直笛，還學會了怎麼吹。曾祖母教他的。

他看見這些「先住民」的機會愈來愈多了，有時候還聽得見托比的那匹駿馬斐斯特在嘶吼。某個大雪的清晨，陶力走出了庭院，走到覆蓋積雪後像帳篷一樣的大紫杉樹前時，發現他們早已在那邊。

> 托比與亞歷山大靠著杉樹。芮莉則坐在堆攏在兩人腳邊的一大攤紫杉枯葉上。正在吹直笛的人，當然是亞歷山大。

陶力清楚聽見了他們的對話，他覺得很好玩，也想加入。可是正當他這麼想的時候，忽然孔雀一啼，三個小孩瞬間「像幻燈片一閃」全部消失。枝頭上墜下了粉雪，「陶力覺得自己好像從天堂掉進了雪中」。

書裡妙筆生花地描寫出了陶力、曾祖母與這三個小孩間的快樂生活。雖然兩、三百年前的小孩出現在生活裡很奇怪，可是讀來一點也不令人覺得突兀，反而還會覺得自己好像也跟托比、亞歷山大、芮莉變得很熟一樣。仔細想想，這種情節怪奇詭譎，可是整本書卻描述得讓人覺得很自然、很**真實**。讀完了這樣的作品，我們會覺得住在沒有「先住民」的房子裡，也實在是太無趣了。雖然很方便、很舒適，可是住在這種新興住宅區裡的小朋友，為了要活得充實，也必須付出其他努力，甚至是擁有「小巫婆一樣的朋友」（這點請詳見第五章《小巫婆求仙記》）。

奶奶

曾祖母在這本書裡扮演了很重要的角色。

小孩子要像這樣得到快樂豐富的體驗，先決條件是必須先脱離雙親的「守護」，同時還得發展出另一段溫暖而且不同於與雙親在一起時感受到的人際關係，這兩項先決條件必須達到。在這裡，我雖然説「快樂豐富」，但一有差錯，卻也可能發展出脱離外在現實的危險。父母親當然不希望孩子暴露在這樣的危險中，因此在父母的守護與目光之內，小孩不可能經歷到這樣的經驗。

陶力雖然完全脱離了住在緬甸的雙親身旁，可是光這樣，他只不過是置身於危險中而已，完全沒有意義，因此故事裡需要出現有別於雙親的守護角色，而這角色由曾祖母來扮演是再合適不過了。我相信如果把這一類祖母角色加以詳盡分析的話，應該可以寫出一篇〈兒童文學裡的祖母角色〉。

《格林諾的孩子們》出版於一九五四年，那一年，作者露西·波士頓已六十二歲了。現實生活裡，她住在一一二〇年興建的某棟即使在英國也算相當古老的房子。這部作品，無疑是取自她自身的住居經驗，而露西·波士頓也絕對是位非常棒的「祖母」。這部作品成功後，她陸續發表了一連串的「格林頓系列」，本本精采。其中第四本《格林諾的訪客》7甚至拿下了一九六一年的卡內基兒童文學獎（譯按：此獎被譽為全球兒童文學最高榮譽之一）。

《格林諾的孩子們》裡精采鋪陳出了「祖母角色」的特性。從前陶力在學校假期間沒有回緬甸時，便寄宿在校長史帕特與其父親家中。他們雖然都很和藹，可是卻一直叫陶力「小朋友」。

「小朋友，趕快吃飯囉，要是變瘦了可就不行囉。」「小朋友，趕快套件衣服，著涼了怎麼辦？」像這樣子。每天早餐過後也一定會說，「小朋友，趕快回你房間，我們要看報紙囉。」

7 《格林諾的訪客》，露西·波士頓著，龜井俊介譯，評論社，一九六八年。

但曾祖母完全不會這樣「親切」提醒。陶力問曾祖母會不會看報時，曾祖母回答，「為什麼要看報？我看報要幹嘛呀？這世界每天有那麼多新鮮事嗎？我這樣看了一輩子，也沒發現人世間有什麼大變化哪，而且我每天忙得很呢。」

的確沒錯。曾祖母每天要忙著跟兩百年前的小孩玩、要哄四百年前的嬰兒睡覺，這世界的變化其實並不大。我希望一天到晚呼籲老人家要多看報、要跟得上時勢，以過得「老而充實」的所謂「老人問題專家」們，一定要知道這件事。當年老者進入靈魂探索的階段，社會上的時勢如何波動，不過是不足一哂的小事。

曾祖母與陶力心滿意足又有點疲憊地正在休息時，忽然聽見其他房裡傳來了搖籃曲的歌聲。也不曉得是哪個幾百年前的祖母正在推著搖籃，而沉入睡眠中的，可是四百年前的嬰兒呢。

曾祖母聽著那搖籃曲，忽然淚珠盈眶。

「曾祖母，怎麼了？這歌很好聽呀。」

「是呀，很好聽，可是是好久遠以前的歌了。我也不曉得怎麼回事，只是忽然覺得悲傷。」

人在進入靈魂探索的階段時，總是會有無法言述、陷於深沉哀傷裡的時刻，而知道這種哀傷感受的這位老人家，也因此才能夠與七歲的孩子共度快樂的生活。

家主

《格林諾的孩子們》裡，住在古屋裡的先住民非常活躍。不過還有另一種不一樣的奇異存在，以前的人相信每個家裡都有屬於那個家的「地基主」或稱為守護神。

日本人自古以來便認為，這樣的「地基主」是以動物的形體存在於每個人家中。小時候我家裡住了兩條特大的日本錦蛇，小孩子一看到了就想拿石頭丟，但我奶奶說「那是我們家的地基主，不可以傷害牠」。小孩子聽見這

喬爾與安（考蒂莉亞・瓊斯繪《妖精狄克的戰鬥》岩波書店）

樣的話後，感到莫名的敬畏，會靜靜看著錦蛇離去。

日本的古老傳說裡，也有這一類家屋守護神的故事，很有意思。其中有個我特別喜歡的故事是「窮神」[8]。家裡住了窮神嘛，所以那戶人家愈來愈窮了，可是整個情況到了除夕夜卻發生了大逆轉。是個非常引人深思的古老傳說。

在此我們要來看一部西洋兒童文學名著——布麗格（Katharine Mary Briggs, 1898-1980，英國民俗學權威）的《妖精狄克的戰鬥》（*Hobberdy*

Dick）9。根據本書譯者山內玲子在譯後文中所說，布麗格對於妖精等超自然的存在有深厚的興趣，下了很大工夫研究，並出版不少民俗傳說與妖精等主題的書籍。布麗格同時也是英國民俗學會會長，因此她以這樣的研究背景，寫出了許多兒童文學名作，包括這本《妖精狄克的戰鬥》在內。

故事發生在英國中南部的一個小村威爾福，時間設定在十七世紀左右。當時人們還普遍相信世界上存在妖精、魔女、幽靈等等不可思議的超自然存在。威爾福村裡，有幢被稱為「威爾福大宅」的大房舍，裡頭住了一個妖精霍迪．狄克。狄克已經在那裡住了好幾百年了，可是，也住在那裡快兩百年的卡佛家族搬家之後，房子成了空屋。狄克想到如果自己跟著離開，房子恐

8 〈窮神〉，關敬吾編纂，《一寸法師、猿蟹之戰、浦島太郎——日本古老傳說Ⅲ》，岩波文庫，一九五七年。

9 《妖精狄克的戰鬥》，K．M．布麗格著，山內玲子譯，岩波書店，一九八七年。

怕就要毀壞，於是便留了下來。

過了一陣子，搬來了一戶叫做伍迪森的人家，有伍迪森夫妻、伍迪森先生亡故的前妻母親丁波比夫人、前妻兒子喬爾，還有伍迪森與現任夫人所生的孩子及傭僕。他們一家人從倫敦搬來，妖精狄克說：「這裡頭我最喜歡的是喬爾，他好像從一開始就很喜歡鄉下生活」。另外還有一個人好像也頗為中意鄉下日子，就是丁波比夫人。其他孩子雖然一開始不適應，但久了也就習慣。最討人厭的當推伍迪森太太，她是個都會至上的高傲狂，所以理所當然地，狄克很討厭她。

後來來了一個叫做安的女僕，專門供伍迪森太太使喚，是個性格很好的人。伍迪森太太對她很苛刻，狄克就在暗中幫她。伍迪森太太對於繼子喬爾居然那麼融入鄉下的生活感到不悅，於是千方百計逼他去倫敦工作。就在這期間，喬爾與安發展出了一段跨越階級的純愛，故事便圍繞著兩人的戀情展開。

妖精的世界

這故事很有意思的是，雖然主要情節圍繞著喬爾與安的戀曲，以及伍迪森夫妻與孩子們對這件事的反應、傭人之間的人際關係等等發展，但妖精狄克也時常在大家不知情的時候偷偷插手。

他有時候會把食物送進女傭安的房間，有時則暗自幫她工作，一看到伍迪森太太，則踹她腳骨，狠狠捏她，下手一點也不留情。除了這些無關緊要的小事外，人類「忽然」發生了什麼要緊的大事或大麻煩時，通常也都是狄克在背後搞鬼。在這間威爾福大宅裡，其實除了妖精狄克外，西邊閣樓房裡還住了一個若隱若現的亡靈，甚至就在伍迪森夫妻剛搬來時，也來了一個幽靈站在他們床頭櫃前「數著錢包裡的金子數了好幾小時」。一走出威爾福大宅，村子裡這頭、那頭到處都有妖精、女巫。而妖精裡也有「規矩不好」的。這些超自然存在的生活，與人類的日常生活出乎意料地重疊，人們只是詫異於怎麼會發生這麼「偶然」的事呢？有些人心懷感謝，有些人則怒不可抑。

村子裡的老居民們都知道這些超自然的存在。譬如伍迪森家裡僱來在農場幫傭的工頭「吃飯時，碗裡總是會留點食物給狄克」。伍迪森家中性格特別好的瑪莎，被村子裡的男孩欺負時，也是狄克出手相救。瑪莎告訴在村裡的朋友瑪麗翁，「是一個在我家打雜，衣衫襤褸的爺爺幫我」時，瑪麗翁說，「那妳真的已經是威爾福村的人了」。

讀到這裡，我忍不住覺得這些妖精該不會還在現代四處活躍吧？比如說，我有時候會碰到有些中年女性來找我，主訴不明原因的身體不適與倦怠。這些人總是這裡痛、那裡疼的，但醫學上又查不出原因。現代醫學只要一查不出病因，就統統歸咎給「心因」，聽起來好像是心靈有問題之類的。可是如果我們把它想成是家裡的妖精在搗鬼，或許反而有助於了解情況，不是嗎？

狄克是個很不錯的妖精，算是「正義之士」，但妖精裡也有不良的，也有愛搗亂的吧？妖精世界的規則跟想法，想必與人類不一樣，因此，我們與其對身體莫名不適、倦怠的夫人說「加油吧？」「打起精神來！」還不如去想想，會不會是她家裡有什麼奇怪的妖精，為了什麼原因故意而捏她這裡、那裡呢？怎麼樣才能把那妖精趕跑？這麼想會不會好多了？

此外，人生裡總有出乎意料的大成功與大失敗。這種時候，不要自以為很行而驕傲得不可一世，或自以為不幸而悲傷逾恆，我們只須去想，或許背後有什麼超自然存在，基於什麼原因跟意圖而發生這些事，或許會別有啟發。

如今新蓋的房子，似乎不像威爾福大宅那樣住著妖精或地基主，可是這些妖精、地基主活躍的情況，好像也沒有歇止呢。我們不妨想想他們現在不曉得住在哪裡、正在幹嘛，或許也很有意思。

04 奇幻世界

兒童文學裡最不可思議的世界，應當存在於正統奇幻文學中。那當中所描寫的世界，從一開始就以不存在於這地球上為前提，譬如我之前提到的娥蘇拉·勒瑰恩的地海傳說第四集《地海孤雛》，只要稍微翻一翻，就知道書中所描寫的，並不是這地球上任何一塊土地的故事。當然我們也可以說，這種故事根本就是鬼扯蛋、專門騙小孩，可是我們為什麼會深深被吸引呢？國內應該有不少人都看過了這套小說，並且深受感動，而我們感動的原因，應該在於奇幻文學原本就拒絕與外在現實產生關連，因而我們更能專注往內心世界探索。

人長大後總是容易忙著賺錢，忙著往高處爬，一心一意追求外在成就而忘了關注內在世界。雖然得到了很多物質上的回饋，卻過著貧乏、無味的生活。相形之下，孩童的內心世界還很柔軟，因而更容易聚焦於內在，也更容易接受奇幻文學裡頭的天地。

奇幻與現實

包括前述提到的《地海傳說》在內，兒童文學裡有很多知名的奇幻作品。我每一本都想介紹給大家，不過在此只能挑一部高知名度，同時篇幅也不會太長，易讀易懂的作品，基於此點，我想介紹給大家托爾金（**J.R.R. Tolkien, 1892-1973**，英國作家與語言學家）的《哈比人》（***The Hobbit: or, There and Back Again***）[10]。《哈比人》後來還發展成另一套長篇大作《魔戒》（***The Lord of the Rings***）[11]，喜歡《哈比人》的人，不妨挑戰自己能不能看

10 《哈比人》，托爾金著，朱學恆譯，聯經，二〇一二年。
11 《魔戒》三部曲，托爾金著，朱學恆譯，聯經，二〇一二年。

完。很多奇幻文學名作都非常厚實，我想這或許是因為要創造出「一個完全獨特的世界」，就是需要那麼多篇幅吧。

提到《魔戒》，作者托爾金為了要讓讀者覺得書中世界是真實存在於「古時候」的英國，在書裡各個小地方都下了許多苦功。他就是想讓讀者覺得，在古時候，英國不只是住了人類，還住著書中所創造出來的那許多精靈族、矮人族、哥布林、哈比人等等矮人，以及那巨大無比的食人妖等等。托爾金為了製作《魔戒》插圖，還特地把「精靈語」寫成的古文書焚毀弄舊。當然那古文書是托爾金自己做出來的，不過他也真的賦予了「精靈語」語言結構，而不只是亂寫而已。他甚至還寫了精靈語的「解說文」，搞得煞有其事。

這當中不難看出托爾金的幽默。不過他也清清楚楚展現了不許別人把奇幻文學當成「鬼扯」看待的態度。真正的奇幻文學，絕不是憑空亂扯的「假東西」。

即使是在奇幻世界裡，也有奇幻世界的規矩，不是想幹嘛就幹嘛。《哈比人》中也出現了巫師，但不是只要有巫術就能暢行無阻。巫師也有巫師的苦。《地海傳說》所寫的就是巫師的故事，在書裡，巫師擁有召喚風雨的能力，但他們可以隨心所欲，以施法來影響塵世嗎？在《地海傳說》中，老巫師這麼告誡弟子，「柔克島下雨，可能導致甌司可島乾旱。東陲平靜無浪，西陲卻可能遭暴風雨夷平。」

我非常鍾愛這段話。好大喜功而亂使巫術絕對沒有好事。事實上，主角格得在書裡也愈來愈少用巫術。或許不用巫術的巫師，也是一種理想的巫師典範。

《哈比人》裡，哈比人比爾博．巴金斯在完全沒有料想到的情況下，參與了矮人族的冒險旅程，一起去奪回被惡龍奪走的寶藏。那趟旅程艱辛危險，而我們之所以會隨著書中情節緊張得手心冒汗，應該是因為它寫進了我們人類生存的「現實」面吧？書裡情節擁有比我們每天必須面對的「現實」更能打動我們的力量。我之所以想使用「內在現實」這個字眼，也是如此。哈比人、矮人或哥布林，其實都是深居在我們內心的存在。

地底的啞謎

哈比人「是比矮人更小更纖細的種族（矮人是白雪公主裡七矮人的同類，有鬍子，但哈比人沒有）、比厘厘普人大（格列佛遊記中住在小人國的小人），雖然沒有巫力，但能夠在我們這些人類左搖右晃從一公里外走來時，大老遠就聽見了媲美大象走動般的聲音，一閃溜地神不知鬼不覺地躲起來」。哈比人就是這樣的一種矮人。

他們在山裡舒適的居所裡，過著逍遙自在的日子，其中一個哈比人叫做比爾博．巴金斯，他就是主角。不料巫師甘道夫突然出現，愜意的日子頓時天地變色。正如前述，比爾博跟著甘道夫以及十三個矮人，踏上了奪回寶物的冒險旅途，根據契約，如果成功奪回，他可以分得十四分之一的寶藏。

這可是一趟漫長的旅程哪，所以這時候也有地圖！旅途上一路多災多難，細節要請讀者朋友自己去看書。我在此只簡單提一下某段令我印象特別深刻的描寫。那是哈比人比爾博在地底下遇見了一種奇怪的生物「咕嚕」的時候。

話說比爾博與矮人們不知不覺中，踏入了可怕的食人妖洞穴，慘遭襲擊，大家慌亂奔逃時，比爾博在地底隧道裡撿到了一枚小小的戒指。這枚戒指之後大大左右了比爾博的命運，不過在此我們先跳過不提。總之他走呀走，一路迷路，走到了一個地底池塘。

池塘裡住著一個「除了一雙蒼白大眼外，全身烏漆抹黑」的詭異生物「咕嚕」。牠想吃掉比爾博，可是看見他手上拿著一把匕首只好放棄，於是牠轉而要求猜謎。

什麼有腳卻無人知曉，
高大勝過樹木，
聳立直入雲霄，
卻永遠不會長高？

雙方約好了，假使比爾博猜不出來，就要讓咕嚕吃掉他；假使猜了出來，咕嚕就告訴他離開地底的方法。比爾博名副其實是以生命為賭注。

這個啞謎，比爾博回答是「山脈」，順利過關了。如果這時候傻傻地回答「高樓大廈」，那房子在地震時倒了可就要倒大楣。接著換比爾博出題，咕嚕也順利回答，於是又回到咕嚕出題。

無嘴卻會哭，
無翼卻會飛，
無牙卻會咬，
無嗓卻會呢喃的東西是什麼？

比爾博稍微想了一下，回答是「風」。雙方勢均力敵，都是猜謎好手，眼看怎麼樣都分不出個高低來，就在這時，比爾博剛好摸到了口袋裡那枚戒指，自言自語地說，「口袋裡這東西到底是什麼呢？」沒想到咕嚕以為那是謎題，想了好久都答不出來，於是敗下陣來。

傳統故事裡時常出現啞謎，一般都是在性命交關時。一如咕嚕的啞謎，謎底是「山」與「風」，這些啞謎時常與大自然有關，而這也顯示出了人如何看待大自然，將會左右人的性命。因此如果我們把謎題簡化一下，變成「山是什麼？」「風是什麼？」的話，這可是人

比爾博與咕嚕（寺島龍一繪《哈比人歷險記》岩波書店）

生的大哉問。

不妨讓我們試想，咕嚕正在我們心底甚或是靈魂深處，和我們進行著這樣一場地底猜謎吧。這麼想或許很有意思。在地表上，也就是在我們的意識表層裡我們會想，買一座山的話可以得到多少木材、會不會長松茸等等，而同時間，咕嚕也正在心底提出啞謎：「山是什麼？」如果我們忙著在地面上賺錢，忙過了頭而回答不出咕嚕的問題，一個不小心，搞不好就真的被咕嚕一聲給吃下去了。

咕嚕的啞謎幽默而詭譎，令人難忘，也更而令人感受到托爾金奇幻世界的深奧。

不可思議的族群

比爾博與矮人一行人在漫漫旅途上遇到了各種奇特的族群，每一種都深有特色，令人讀來沉迷。其中最有吸引力的，應該就是灰袍巫師甘道夫了，孩提時代熱衷過《哈比人》的人，我相信不管過了多少年，大概都忘不了甘道夫這個名字吧。此外，咕嚕也是很有趣的角色。

巫師能在相當程度上預見未來，把比爾博拉上這段旅程的正是甘道夫。一開始，比爾博根本不想出門冒險，但不曉得打哪兒來的甘道夫擅自在他門上弄了個假記號——「飛賊想要好工作，尋求刺激和合理的報酬」，結果騙來了十三個矮人，弄出了一趟旅途。比爾博無奈之下，也只好跟著出門了。這趟旅途說起來之所以能成行，主要還是因為甘道夫肯同行，並在危急時刻使出巫術解難。

譬如差點被三個巨大的食人妖吃掉時，就是靠著甘道夫的機智解圍。之後無論是在被哥布林襲擊或是遇到大危難的時候，都由甘道夫大顯身手。

哥布林很可怕，不過隨後遇上的精靈族則很親切。「精靈是所有妖精小人裡最有趣的，比爾博原本就很喜歡他們」。但矮人族則不這麼想，以索林為首的十三個矮人瞧不起精靈族，對他們很冷淡，不過精靈們還是很熱情款待了這一行人。

不可思議的是，愈是順利愉快的好事、愈是歡悅快樂的日子，講起來卻三兩下就結束了。反而是驚險恐怖、令人膽寒的經驗，講起來才格外有意思。

在精靈族的歇息就這麼簡單結束，一行人又展開了下一個驚險刺激的冒險。說起來真是這樣，人類的想像力在面對「壞事」跟「好事」的時候，好像在面對壞事時更為活躍。我們看佛教的極樂世界與地獄描寫，有關極樂世界的描寫稍微有點單調，但描寫地獄的部份就多了很多篇幅，種類也繁多撩亂。

旅途上，一行人遇到了一個很奇特的角色「比翁」。這人說起來也不曉得到底是人或非人，總之是個「彪悍的黑髮大漢」。甘道夫說「他是個換皮人，會更換外皮，有時他會變成一匹大黑熊」。這個比翁雖然強壯優秀，卻不太喜歡別人去他家，「非不得已不會讓人進門」。於是一行人想到比翁家做客，絕對得靠甘道夫發揮機智了。細節我在此不提，總之，比翁是個很喜歡「聽故事」的人，所以一行人是否能說出令他滿意的好故事，成為他們是否會受到比翁歡迎的關鍵。比翁也說，「來到我這兒的人只要能講出好故事，我就會款待他們」。我想這段話，可能也是托爾金自己的心聲吧。

跟比翁道別後，甘道夫由於還有其他事要忙，只能先離去。巫師不是永遠都能陪伴身旁，他們還要忙著應付全世界的其他問題。而且為了保持整體「均衡」，他們也必須有時出現、有時缺席。總之一行人雖然心驚膽跳，最後終於還是克服千辛萬難，來到惡龍守護寶物的孤山。可以說，在這趟旅途上遇到了各式族群，從中累積起的經驗，幫助他們成長，才得以在最後奪回寶物。

歷險返鄉記

比爾博與矮人族群終於到達了惡龍所在的洞窟——說是這麼說，不過那裡本來就是矮人族的家——經過一番惡鬥之後，終於奪回寶物。比爾博正心想終於可以回家了，沒料到事情又有了意外發展。精靈聯軍殺到，哥布林也來了，連矮人族都在看見黃金寶山後意亂神迷，失去了判斷力。明明這種時候只要大家稍微冷靜一下，事情就有轉圜的餘地，但大家都瘋狂了。特別是率領矮人族的索林，原本是一個深具判斷力的人，卻在見到寶物後湧起貪欲，儘管比爾博努力居中調解，索林還是完全反對他的努力。

讀到這兒，不禁令人想起如今發生在少數民族的紛爭。明明大家都該冷靜一點的，但一旦陷入了感情用事的泥沼中，就毫無轉圜空間了。

矮人族在激戰中喪失許多夥伴，連比爾博也一度失去知覺，但最後總算順利解決了。他在大家分配寶物時退出，什麼也不拿。「什麼都不拿對我來說反而輕鬆，我實在想不出該怎麼把財寶運回家中，而不會在路上發生爭奪殺戮。」比爾博著實已經對於你爭我奪、你砍我殺的生活厭煩了，他與甘道夫終於踏上了漫長的返家路。

之後過了好些年，比爾博打算把以前的經歷寫下來，題名為《歷險歸來：一個哈比人的假期記錄》。

「歷險歸來」這個名字實在取得太貼切了。比爾博出門歷險，然後歸來。那麼他究竟得到了什麼呢？他什麼報酬也沒拿，只得到了一枚「戒指」，不過這件事他沒有告訴任何人。

不僅沒有得到太多，他反而還失去不少。一抵達家門口他就發現，族人以為他死了，正在拍賣他的家具，結果還得自己花一大筆錢，把自己的家具買回來，而他「引以為傲的銀湯匙幾乎全部消失」。更慘的是，他在村裡「成了一個風評不太好的人，雖然他一點也沒變，既是精靈的朋友，也深受矮人族、巫師及所有共同經歷過那一段旅途者的敬重，但在自己家鄉，卻反而被認為是一個不踏實的人。附近鄰居都說他是個『怪胎』。」

所以他經歷了千辛萬苦，反而徒勞無功，還栽了個大跟頭嗎？他有沒有什麼收穫呢？有，其實他滿載而歸。他所得到的，是那一段「歷險歸來」的回憶，以及在旅途中所獲得的一切經歷。沒有任何人奪得走這些。

比爾博與甘道夫終於回到故鄉時，比爾博忽然吟唱起來，讚詠這「歷險歸來」的旅途。甘道夫瞪大了眼睛望著他，「比爾博呀，你怎麼回事呀！你不再是以前那個哈比人了。」真是知者恆知之，只有識貨的人才懂。比爾博歷險無數之後，已經成為一個比先前成熟的哈比人了。雖然住在附近的鄰居不知道，全都當他「怪胎」，他能說什麼呢？這世界上，總沒有十全十美的好事。

第五章

時間之不可思議

前文所提的托爾金《哈比人》裡，比爾博跟咕嚕猜謎時，咕嚕還曾提到這麼一個啞謎：

它會吞食一切，
蟲魚鳥獸花草樹木，
咬破生鐵，蝕穿金剛，將岩石化成飛灰，
殺死勇士，屠滅城鎮，
滄海化為桑田，高山成平原。

是什麼呢？比爾博千思萬想想不出來，他猜「會不會是巨人或食人妖之類的？」但遲疑不定，腦中一直想「再給我一點時間、再一點時間！」不經意就喊出了「時間啦！」沒想到這就是正解。

這多少也透露出了時間可怕的一面，任誰也沒有辦法讓時光之流停止。時間總是一任無情往前流，的確能「殺死勇士，屠滅城鎮」。再怎麼樣的榮華富貴也沒有辦法戰勝，時光一逝，轉眼成灰，無人能停下時間。

因此可以說，時光對於萬物、對於眾生都是以一樣的流速往前，但如果我們從人所「體驗到的時間」這個層面來看，時光又具有了不同的流速。有時我們覺得時間長，有時我們覺得時間短，有時候我們感受到時光的厚度，有時候我們體嚐到時光的深邃。又或者對於某個人來講，一瞬即一世，轉瞬便成了扭轉人生的關鍵。

兒童文學裡有許多以「時光」為主題的名作，其中有些我在其他地方說過了，在此，我們以不重複為前提，將我認為特別重要的作品依序提出來討論。

提起與「時光」相關的兒童文學名著，大家都會想起麥克．安迪（Michael Ende, 1929–1995，德國當代兒童文學大家）的《默默》（*MOMO*）[1]《默默》這本書在日本已經熱賣了一百多萬本，廣為人知，而且我在其他地

1 《默默》，麥克．安迪著，李常傳譯，遊目族，二〇一三年。

方也詳細討論過了2，這回就暫且割愛吧。

2 《潛藏於人類之深層》〈《默默》裡的時間與「我」的時間〉，河合隼雄著，大和書房，一九七九年。

01 時光之流

有一部作品也令人深切體會到了時光的流逝，那就是今江祥智的《少爺——全一冊》[3]。為什麼宣稱是「全一冊」？因為這本書將今江祥智（1932-2015，日本知名兒童文學作家、翻譯家）陸續發表的四部自傳性作品（雖說是自傳，當然也是創作）：〈少爺〉、〈老哥〉、〈我們的母親〉、〈牧歌〉，集結成了一本令人感受得到時光**重量**的傑作。書中從明治末年寫到昭和中期，將今江祥智母親的一生，交織在他童年到青年期的這段時間裡。今江祥智以將近二十年的時間，完成了這四部曲，而在這段漫長的期間裡，時

3 《少爺——全一冊》，今江祥智著，理論社，一九九五年。

光之河一路往前。

星座亦不恆常

〈少爺〉一開頭的描述令人印象非常深刻，是這部四部曲很好的開始。主角「洋」跟老哥「洋次郎」去參觀了當時宣傳為最新穎的天文台。那一年洋讀小學四年級，洋次郎則讀國一。洋大概有了一點星座觀念，知道「只要找到北斗七星，就會馬上看到北極星，一看到北極星就會知道方位，這是定理」。

沒想到，天文台的解說員卻完全顛覆了他們的概念。天文台解說員說北斗七星那像把杓子般的形狀，有一天會變形，請大家看這邊。他說著說著，便讓大家看了十萬年後變形後的杓子，甚至還宣稱連北極星也會變。「現在的北極星是因為剛好吻合了地球自轉的軸心，所以被大家認為指向天的北極而當成了北極星。但在一萬三千年前的北極星，其實是織女星呢」。

兄弟兩人大吃一驚，「從那一天起，我們兩兄弟腦裡那項『永恆不變的事』已悄悄地瓦解了。」

這一段經歷無疑極具象徵性。「絕對不會改變的」有一天也會改變。在天空中閃爍的星座會變，他們原以為會永遠待在那兒的北極星也會變。昭和十六年五月二十九日，洋與洋次郎這兩個男孩切身感受到了時光之河的無可逆轉。這件事立即成為他們人生中的重要經歷。

那一天他們父親跌倒，頭撞到了石牆。大家原本以為不礙事，沒想到卻在三星期後亡故。這對於還在讀小學的洋是巨大衝擊，也是「北斗七星悄悄瓦解的起始」。

同年十二月，爆發了第二次世界大戰。戰爭開始時日本情勢大好，但隨即落居下風，物資逐漸短缺了。洋所居住的大阪是個商業重鎮，一家人原本過得幸福富裕，但一時之間先是父親死了，接著又發生物資緊縮的情況，最後甚至連房子都在空襲中燒毀了。

一家人借宿在親戚家的某晚，洋與洋次郎走到了二樓晾衣場，抬頭看向天空。天空濛霧，連一顆星星也沒有，洋說：「在那一片雲的後面一定有北斗七星」。兄弟倆不禁同時想起了一件事。

那是好幾年前了，兩人在市立科學館裡聽解說員講起，十萬年後北斗七星會變形……自那之後，不過才幾年光景，從經歷父親遽逝到現在的寄人籬下，過去兩人認定永恆不變的事，如今卻已滄海桑田，多有變異。

一顆顆星星群聚成一個星座，看似永恆不變，實則隨著時光而緩緩改變。那需要十萬年的時光。我們每一個人都有各自支撐著我們的「星座」，除了父母、家庭之外，也可能是宗族的祖廟或院子裡的一棵樹，是各式各樣存在於身邊的人與物，支撐著一個人存在。但這一切終究會變。〈少爺〉裡的洋，隨著時光流逝，在短短幾年裡便嚐到了相當於星座十萬年般的變遷。

昔日今朝

讀《少爺》四部曲，著實令人感嘆萬千。我與作者差不多是同一個世代的人，因此書中所說的每一件事，都彷彿是我親身經歷過的時光流逝。我母親與洋的母親也是同一世代，因此〈我們的母親〉中種種關於他母親的生平，都令我懷想起以前從我母親那裡聽來的許多事，心中百感交集。〈我們的母親〉在每一章的最後，都記載了當年發生過的大事，更讓讀者讀來深切感受到了世局在時光中的變遷。

以下完整抄錄洋出生的那一年（昭和七年）的紀錄。

昭和七年（一九三二）

*三月一日——發表滿州國建國宣言。*成立警視廳特別高等警察部。*西方力士天龍等三十二人脫離相撲協會。*演員卓別林訪日。*千田是也等組成東京演劇集團，發表第一次公演《三文錢的歌劇》。*諏訪根自子（十二歲）小提琴演奏會。*舉辦第十屆奧林匹克運動會（洛杉磯）。*〈慕影〉〈淚的侯鳥〉風靡一時。*《通往生活的旅行證》（蘇聯）、《我們等待自由》（法）、《三文錢的歌劇》（德）首

映。＊朱爾．羅曼《善意的人們》、奧斯特洛夫斯基《鋼鐵是怎樣煉成的》出版。＊唱片一張一円二十錢。＊房租（東京獨幢住宅）十二円。牛奶一瓶七錢。嫁妝棉被（四床）百円。

有些人大概對這些事情還有印象，但有些年輕人可能就一無所悉了。之後就像我講的，經歷了戰爭、戰敗，大家的生活都改變了。昭和二十年，狀況來到了谷底，之後一步步往上爬，來到昭和四十年的時候，人們的生活已安穩許多。洋的母親在昭和四十二年長逝。在此也引用書中的當年紀錄。

昭和四十二年（一九六七）

＊第三十一屆大選——自民黨二七七、社會黨一四〇、民社黨三〇、公明黨二五、共產黨五、無黨籍九。＊首相佐藤榮作（後獲頒諾貝爾和平獎）於華盛頓發表共同聲明，支持美軍轟炸北越。＊查明痛痛病、阿賀野川水銀中毒肇因於非法排放之工廠廢水。公害擴大。＊西日

本大雨。死者與失蹤人數高達三七一人。＊為抗議首相聲明，世界語成員由比忠之進於官邸前自焚身亡。＊地下文化風行。＊〈醉鬼回來啦〉、〈世界只屬於兩人〉〈Blue Chateau〉風靡一時。＊山本周五郎辭世（六十三歲）。吉田茂辭世（八十九歲）。＊日本電影製作數量四一一部，觀眾達三億三千四百萬人。＊相撲選手高見山成為首位晉升十兩力士之外國人。＊理髮費四百二十円。砂糖（一公斤）一百二十五円。戲院入場費五百円。咖啡八十円、腳踏車兩萬四千円、總理大臣薪水五十五萬円、蚊帳（六疊榻榻米用）五千円、醬油（兩公升）兩百零八円二十一錢。小學老師起薪兩萬一千九百円。彈珠汽水一瓶十五円。

這麼一對照，大概就感受得到時光的流逝。這是把「母親」生下洋那年與母親逝世那年拿來比較，如果把母親出生那年的紀錄也拿來對照的話，變化就更大。讀《少爺》不免讓人切身感受到了所謂一個人「活著」這件事到底是怎麼回事，以及在那之中曾留下過什麼痕跡。在那段期間，時光也依然無情向前。

凝縮的「時間」

〈我們的母親〉從住在高知的哥哥洋次郎通知「母親病危」，洋馬上衝向高知的往事寫起。前往高知的飛機客滿，洋只能焦急等待，這時候，躺在病床上危篤的母親在等待兒子到來之際，也同時活在過去的回憶裡，呼吸著僅存的時光。

前面我提到，洋經歷的那幾年密度之高，就等同於是星座的十幾萬年，但有時候，漫長的時光卻也能濃縮於一刻之間，這就是時光神奇之處。

洋在接到母親的病危消息後，只能焦急地等待班機空位，最後終於搭上飛機衝往高知。在等候期間，他回想起了母親的一生，以濃縮的寫法寫就了〈我們的母親〉這部作品。正子的青春期，玩過當時日本少見的草地網球，爾後經歷了結婚、生子、丈夫猝逝、戰爭、戰後等等。一位女性曾經走過什麼樣的人生路，相關細節，我還是保留給讀者去發現吧。

不過我想提一點，當正子瀕死時，她躺在病床上，回想起了洋出生的時候。正子是一番難產才生下了洋，但洋剛生出來並沒有馬上哭，正子焦急地等待他的哭啼。「快哭呀孩子，哭吧，出個聲，讓大家知道你來了……」「嗚……嗚……」，終於出現細微的啼哭，小得像是青蛙被壓到了一樣，但這樣就足夠了。「真是太好聽了，你的聲音真好聽。好聽，太好聽了……」正子揚起了笑容。

一名女性正要離開人世時，腦中浮現的卻是另一個生命正要來到人世的情景。不，是真的來了，那孩子此刻正焦急地在飛機上，害怕自己看不到母親的最後一面。

但終究洋還是沒有趕上。只差了那麼一點點。他望著母親的遺體，卻在母親的面容上看見了一段正在進行的「旅程」。

接著不可思議地，母親的臉龐突然回春，回到了洋叫她「媽媽」的

那個時候，又回到了喊她「媽」那段時期——接著變成了某個洋不曉得的小女生臉龐、再變成某個女孩子的臉。洋彷彿像看著百面相一樣，連**大氣都不敢喘地看著眼前這最後一場「戲」**。

漫長的人生戲，不就完全凝縮在了這一刻嗎？我很難想像當醫學上判定一個人「死亡」的時候，這個人就真的成了一個「物體」。生命絕非如此容易判斷。醫學當然可以有效了解人類的「身體」，卻無法掌握關於人的所有面向。正子的這一段**死後之旅**，對她而言、對洋而言，應當都是一段意義深遠的旅程。

全新出發

讓我們回到《少爺》的故事上。洋因為空襲火災，而搬遷到和歌山避難，在那裡不知不覺中又過了兩年，直到戰爭結束，一切終於稍微安定了下來。某一天，洋與哥哥洋次郎去京都玩耍，洋次郎的主要目的是去聽共產黨演講，洋則想去探看以前在天文台認識的一個女孩子島津子，他對她懷抱一絲情意。

洋以前去過一次島津子家，還記得路怎麼走。京都沒有遇上火災，所以「**一切如舊**，什麼都還在」。

但島津子不在家。

洋彷彿被什麼催促似地，轉頭便離開了島津子家。她家全然如故，什麼都還在、什麼都沒變，但我家卻什麼都沒了——以前已經死了……。

洋走呀走，不知不覺走出了四條大道。那兒聳立著不曉得什麼巨大的物體，一看，是市民重新架起了祇園祭的鉾車。

鏘鏗鏗鏘鏘

鏘鏗鏗鏘

祇園囃子的曲調浮浮鬧鬧地，正適合夏日跟那悶蒸暑氣。洋愈走愈近，不得不抬起頭來。他一直凝視著鉾車。（這兒根本什麼也沒變。我家卻面目全非。一切都變了、變了、變了……）

他像念著咒語一樣在心底囁嚅。

這兒就是《少爺》的尾聲，但也開啟了另一個全新的旅程。經歷了彷彿十幾萬年光陰般劇烈變化的洋，深深感受到「以前已經死了」，但在他面前的，卻是一如往昔的祇園祭，他心底肯定體驗到了某種「不變」的存在，讓他雖然沒有順利見到島津子，卻決心踏向全新的人生。

他所感受到的，是在時光之河裡永存不變，一如生命流動般的存在，也就是這支持了他，讓他得以重新出發吧。因而他才能頭也不回地拋下天皇制與共產黨這些當時「絕對」的價值觀，帶著自信，邁向自己的大道。

《少爺》四部曲裡的尾聲〈牧歌〉之中，洋藉由「背叛」人生之愛踏向了全新旅途，描寫得非常深刻，但這部份我曾在其他地方討論過[4]，而且與「時間」的主題沒有關連，謹在此割愛。

4 《青春的夢與遊戲——探索生命，形塑堅定的自我》，林暉鈞譯，心靈工坊，二〇一六年。

02
時間的循環

時間從不停止，一味往前，就像河流。河流也是，流過的水便已矣，不會再回頭，但是又源源不絕有新的水流進來。也有些時候，流過的水可能會回到原來的河中，譬如水流進了大海，蒸發成了雲朵，飄到山間下起雨，匯流又回到原來河川。水滴也會循環。

同樣地，我認為時光也會循環。並不是一個勁的向前消逝，而是有如河中的一滴水，在多年之後，我們會重回時光隧道。這種感受，有時會出現在人們的心中。把時光當成直線流逝的概念，是近代西方才出現的，在那之前，全球各地的人覺得光陰會循環，這種光陰無限循環的概念，無疑讓人們的生活更為豐富。

關於光陰循環的作品，我想帶大家來看看艾莉娜・法瓊（Eleanor Farjeon,

1881-1965，英國作家）的《麥子與國王》（*The Little Bookroom*）[5]。作者在前言裡提到，她小時候住的那幢房子裡，有個叫做「小書房」的房間，裡頭堆滿了書。每次她走進去總是隨手抓到什麼就讀了起來。

> 我有時候躺在床上，有時候靠著書櫃，蜷曲著身子，不知不覺就進入了書中天地。讀到灰塵沾在了鼻尖上，眼睛也發疼了，還依然遨遊於書裡，遁入那比現實更不可思議的世界——但有時現實反而比書中世界更迷離，更像是前往一場難以想像的旅途——猛一回神，發現自己正擺著奇怪的姿勢，空氣凝滯。

法瓊肯定在那「小書房」裡經歷了一次又一次難以想像的時光。時光有

5 《麥子與國王》，艾莉娜．法瓊著，石井桃子譯，岩波書店，一九七一年。

時長、有時短，交錯循環。這樣的經驗，也讓她往後得以寫出許多名作。那間「小書房」正是這本《麥子與國王》的英文原名《The Little Bookroom》。由此可見，法瓊自己也清楚，她的創作泉源正是那小時候的書房。

麥子與國王

《麥子與國王》是一本短篇集，第一篇故事就是與書同名的〈麥子與國王〉。讓我們一起從這故事來思考一下。

某村的校長有個兒子，校長望子成龍心切，這孩子每天除了讀書就是讀書。但是某一天起，他忽然就坐在田裡，嘻嘻嘻地傻笑，一句話也不說。有時候他又忽然不知道為什麼，一串串地講個不停。大家都叫他「和善的威力」。校長很討厭別人這麼叫他兒子，不過村民當然是因為喜歡他才會這麼叫。有一天，「我」躺在割得只剩下四分之一的麥田裡，威力突然來跟我講話。

以前我住在埃及。那時候我還小，在田裡種下了我父親的麥粒。（中略）每一年當我看著麥子長成了成片的金黃麥穗時，我總是想，我父親真是全埃及最有錢的人了。

某一天，埃及國王來了。聽見我說我父親是「全埃及最有錢的人」，國王很生氣。我一回嘴，他便大喊，「國王比麥穗更金黃耀眼！」接著很生氣地叫他的隨從把我們的田燒了。我與父親難過得不得了，忽然，我發覺自己的手中還握著一把麥子，於是我把那些麥子埋在田裡。隔年長出了十棵麥穗。就在那一年夏天，國王死了。埋葬國王的時候，我把那麥穗放進要獻給國王的那一捆麥子裡，跟著國王一起埋葬。

「和善的威力」（艾德華・阿迪卓恩繪《麥子與國王》岩波書店）

和善的威力繼續說。後來過了好幾千年，去年英國人發現了國王的墳墓，「我的麥穗也在那些出土的珍寶裡。其他黃金寶物，都在接觸到陽光的時候化成了粉末，只有我的麥穗沒有」。於是威力把其中一顆麥子種在這片田裡，就在還沒收割的這一撮麥穗之間。

說完，**威力馬上指向其中一株麥穗。那株長得比其他麥穗高，也比其它麥穗更耀眼**。

威力看了，笑呵呵地說，「埃及的國王跟我的麥子，究竟誰才比較耀眼哪？」

有些人讀了這樣的故事後，可能覺得太離譜，這樣的人肯定覺得麥子不如埃及的國王閃耀吧。對於這些人而言，時光只不過是一直線地往前進，人死一切成空，什麼也沒留下。

桑菲力安

收錄在《麥子與國王》裡的另一篇文章〈桑菲力安〉（San Fairy Ann），也是令人體會到時光循環的傑作。主角凱西．古德曼是一個「問題兒童」，四年前避難到了凡妮夫人的家中，一天到晚板著一張臉。「凱西不太喜歡跟人打成一片，也從沒想過要這樣做」。

就我的定義，所謂「問題兒童」是提出了某些質疑，而大人無法回答的孩子。在凱西這個例子裡就是這樣。她有個非常寶貝的玩偶，叫做「桑菲力安」，是她母親給她的。「桑菲力安就是凱西的全世界」。凱西失去了雙親後，才來到凡妮夫人這個村子裡避難。來的第一天，村裡一個愛捉弄人的男孩強尼，就扒掉了桑菲力安的衣服，氣得凱西推撞他，這時正好被村子裡的人看見了，覺得這個孩子不好管教。到了傍晚，強尼更搶走了玩偶桑菲力安，一把扔進村子裡的池塘。凱西當然馬上揍他，結果這時候村子裡的人又剛好來了，更覺得這個小女孩有問題。自那之後，凱西不管見了誰都鼓著一張臉。

一個七月天，雷恩醫生的法國太太與小學老師伯恩斯女士，覺得大家這樣繼續把東西亂丟進湖裡不是辦法，打算好好把湖底清一清。兩位女士氣宇昂揚地下水打撈，村子裡的人也都跑來看。各式各樣的東西都被撈出來，卻沒有凱西殷殷期盼的那個桑菲力安。因為很不巧地，雷恩太太就剛好站在那個玩偶的正上方。

當晚十二點，傷心的凱西一個人偷偷溜下了池塘。雷恩太太聽見了動靜，來查看後也幫忙一起找，最後終於找到了玩偶。就在找到的那一瞬間。

凱西高興得漲紅了臉，大聲尖叫！

「桑菲力安！」

雷恩太太卻死白著一張臉，囁囁低喃，

「瑟蕾思汀！」

這是怎麼回事？一頭霧水的兩個人談過後，解開了玩偶背後悠長的歷史。原來這玩偶快八十歲了，是法國製品，一開始是一位叫做瑟蕾思汀的女孩把它取了跟自己一樣的名字，當成寶貝。這個瑟蕾思汀後來把玩偶送給了跟自己同名的女兒，就這樣一代代傳下去。到了不知道第幾代瑟蕾思汀的時候，正好是這位雷恩夫人，雷恩夫人在第一次世界大戰逃難時，不小心弄丟了這個寶貝。

玩偶被一位到法國作戰的英國士兵撿起，帶回國送給自己的女兒，取名為桑菲力安（名字由來非常有意思，但在此暫且不提〔譯按：San Fairy Ann為戰時由英國士兵從法國傳回的諧音字，意思是「沒關係」〕）。女兒婚後又把玩偶傳給了自己女兒，那女兒就是凱西。

原來這玩偶曾度過好幾次瑟蕾思汀的人生循環，最後它把英國的時間與法國的時間給連結在一起。問題兒童凱西所發出的「質疑」，在這玩偶的連繫下，被另一名法國女子解開。凱西與雷恩夫人都覺得彼此間彷彿有什麼靈魂的牽繫，於是後來便理所當然地在一起生活了。

故事中有一句話給我留下了很深的印象——「桑菲力安就是凱西的全世界」。大家都覺得是凱西擁有桑菲力安，所以桑菲力安隨時可以被任何一個玩偶替代。可是其實不然。是桑菲力安擁有了凱西。它才是凱西的全世界，涵蓋了凱西的所有一切。桑菲力安就等於是凱西的心靈外顯，也因此它對於凱西來講最為重要，對雷恩夫人而言也是最為珍貴。我們人面對這樣困難的情況時，因能感同身受並真心接納，才得以與他人緊密共享同樣的世界。

桃次郎

讓我們換個方向，重新來看日本的作品。阪田寛夫曾寫過一本叫做《桃次郎》6的短篇集，收錄了能令人感受到時光悠迴的名作。現在就讓我們來看其中兩篇，〈桃次郎〉與〈嘩啦嘩啦下的雨唷〉。另一篇〈野原之聲〉也能令人感受到時光的交錯舛互，不過我已在其他地方討論過了7，在此暫且跳過。

只要是日本人，恐怕沒有人不知道桃太郎吧？他「孔武有力、善解人意」，勇敢驅退惡鬼。特別是對於戰前的小孩子來講，桃太郎被大力塑造成了理想的強健軍人形象，每個小孩子都被要求一邊唱桃太郎的歌跳舞，還要搬演話劇。

那樣的「童年時光」，大概也在阪田先生成年後又回來找他了吧。

從桃子裡蹦出來的桃太郎
孔武有力、善解人意

當他哼起了這首歌，從前的「時光」開始與此刻重疊，顛顛然動了起

6 《桃次郎》，阪田寬夫著，楡出版，一九九一年。

7 《小孩的宇宙》，河合隼雄著，詹慕如譯，親子天下，二〇〇六年。

來。於是阪田先生心想，「既然有桃太郎，也應該有桃次郎呀」，他開始堅信不疑了，雖然完全不曉得任何有關桃次郎的事。這就是作家厲害的地方，明明對桃次郎一無所知，卻還是深信「他存在」。於是他答應別人「我這暑假內會把桃次郎的事情寫出來」。我說寫自己知道的事情沒什麼，但寫自己不知道卻深信無疑的事，那恐怕就是**創作**了。

阪田先生於是就在這樣毫無頭緒的情況下，忽然間想到可以去桃太郎故事的發源地岡山看看。就這麼來到了岡山車站後，他看見賣桃太郎糰子的大姊好像很親切，便過去問人家說：「我想打聽一點有關桃次郎的事……」大姊一邊挽起長髮，一邊說：「你可以去倉敷試試」。

到了倉敷後，碰見一個奇怪的小女孩。身穿浴衣的小女孩手上拿著松果，說是要預測天氣用的。「猜得中嗎？」他才剛問完，小女孩便拿著松果往他的眼睛上方敲，還開心地喊「中了吧！中了吧！」接下來，他體驗到了一段時光跳躍、循環參錯的歷程。

詳情煩請參照原著。總之阪田先生小學時在盂蘭盆節時跳桃太郎舞的那段時光居然重現眼前，與他當下對於桃次郎的興趣摻雜在了一起，不知不覺間，口中唱的歌，變成了「桃次郎」的歌，眼前出現了一群身穿浴衣的人排列成三隊，「嘿呀唷、嘿唷！」地邊唱邊跳。原本以為大家口中唱的是桃太郎呢，沒想到中途卻聽見了桃次郎的名字。

半點不像哥哥的桃次郎
膽小怕冷
又彆扭
嘿呀唷嘿唷

終於長大的桃次郎
夢裡被鬼嚇
又漏尿
嘿呀唷嘿唷

像這樣的唱和一句接一句。不知道為什麼，連賣桃太郎糰子的那位大姊都來了，一時之間，阪田先生陷入混亂，慌張之際掉下了石階，撞到了頭被送進了醫院，在醫院的病床上醒來。

阪田先生想起了以前在小學時跳過那首歌，又想起了當時的校長是個追求「英勇、威武、強壯！」的人，他深切反省「怎麼我從那種小學畢業，長大後卻變成這麼愛胡思亂想的人呢？」「真希望我能變得勇敢一點」，文章以此作結。

其實阪田先生是個萬分勇敢的人，這點從他敢公開宣稱有桃次郎的存在，便可以看得出來。我也是個很愛胡思亂想的人，所以有一次我依樣畫葫蘆，跑去岡山車站的小賣店，問那兒的大姊說：「我想打聽一點有關桃次郎的事……」結果吞了個悲慘的大失敗。果然人不能隨便東施效顰哪。詳細經過我在《說謊俱樂部短信》8中報告過了，真假不明，在此略過不提。

嘩啦嘩啦的雨

接下來還要介紹另一篇短篇〈嘩啦嘩啦下的雨唷〉。話說某個地方住了一位老人家，「這老先生過了七十二、七十三歲，就不大講話了，因為他每次想講話，嘴巴張開卻說不出話來，搞得對方快瘋掉。」老人家的另一半還很健康，老先生問：「老婆子呀，那東西放在哪裡呀？」老太太馬上冷冷回答：「家裡沒有什麼叫做『那東西』的東西！」

有一天，儘管家人禁止，老先生還是走上了二樓，拉開孫子的書桌抽屜。

> **這個有著雙邊抽屜的古老木桌，在孫子接收前，原本是老先生的長女使用。而在更早更早之前，則是老先生的父親擺在自己擔任社長的公**

8 《說謊俱樂部短信》，河合隼雄、大牟田雄三合著，講談社，一九九五年。

司裡用的；父親過世後，老先生接任第二任社長時，在社長室裡換了個鐵製的大辦公桌，於是把這老木桌搬回家裡做紀念。

在這裡，也安排了一個相當於前述玩偶桑菲力安那樣串連起時間循環的重要「物品」。一個人如果擁有這樣的物品，也許會讓生活完全改觀吧。

老人家在抽屜裡找到了一把口琴，拿起來吹吹看。孫子也有模學樣，試吹了起來，但那聲音小得像是蚊子在叫一樣。「不過孫子還是用力吹得瞪大了眼睛，一口氣都快沒了，兩人的眼神一對上，老人家忍不住便『噗哧！』笑了出來。他好久沒笑了。孫子也揚起了嘴角，又吹了一聲像蚊子般虛弱的口琴聲」。

兩人交換了那祕密般的笑容時，老先生忽然覺得腦海深處好像正浮現出什麼像蚊子低鳴般輕微難辨的美好往事。

時光開始循環。老先生一邊回憶起往事，一邊捕捉著口琴的曲調。

嘩啦嘩啦下了起來
雨呀雨唷
嘩啦嘩啦嘩啦啦
怎麼下起來了呢

烈性子的老太太在樓下聽見了口琴聲，不禁眼角濕潤。

當晚，孩子們與老先生都入睡後，老太太第一次跟女兒、女婿聊起了自己的女學生時代。當時老先生讀國中，週日在學校裡參加了口琴樂團。這會兒，老太太的內心大概也像〈嘩啦嘩啦下的雨唷〉一樣，下了一場溫潤的甘霖吧。

她在睡著的老先生旁邊的床上躺下，指尖拂去了眼角輕淚，回憶起後半段的歌詞。

要讓乾巴巴的土地

也變鬆軟
美麗的花兒
也盛放

夢裡頭，老先生爬上了松樹，時當盛年的父親從底下的路徑走過，正要去上班。

樹上對著父親揮手的男孩，「長得就跟他孫子一個樣」。

動人的時光循環。老先生、老太太在經歷過這樣的歷程後，相信必能安穩地面對死亡的來臨。

03 時刻來臨

剛剛介紹的〈嘩啦嘩啦下的雨唷〉中，老人吹起口琴，孫子也想模仿但學不像的時候，兩個人四目相對，老人家的臉上綻放出許久不見的笑容。「兩人交換了那祕密般的笑容**時**，老先生忽然覺得腦海深處好像正在浮現什麼像蚊子低鳴般輕微難辨的美好往事。」

交換笑容的「一瞬間」其實萬分珍貴。從那一刻起，不但老人與孫子，所有家人們的心扉都打開了。那一場為了要「讓美麗的花兒也綻放」的雨，同時也下在了全家人的心窩裡。每個人的人生都有一些這樣重要的「時刻」。有時候這樣的時刻不期而至，總是忽然間閃現。在不斷的等待之後，時機成熟了，它就忽然不曉得從哪兒翩然出現。但它出現時，如果我們沒有察覺，或沒有能力去接納這樣的時刻到來，一切便又化為虛空，毫無意義地結束。

通過儀式

人的一生中，總有些「時刻」對我們來講非常重要，從孩子轉變為大人**時**、從女孩變成妻子**時**、從這世界進入那世界**時**，各式各樣。除了這些重要的時刻外，人生還有許多階段。小學入學、就業等等，這些階段或許沒有左右人生的時刻那麼重大，可是也會牽動一個人的人生變化，端視我們如何帶著自覺去經歷這些階段。

在近代社會之前，「通過儀式」幾乎在所有社會裡都擔負起了非常重要的功能。以前的孩子不是各自在某一天轉變成大人，而是全體一起轉變。譬如十五歲的男孩子在某一天，經由其社會的「通過儀式」來踏入大人階段，亦即舉辦成年禮。但以前的成年禮並不像現在這麼溫馨可愛，而是真的要賭命的。接下來會介紹的蘿絲瑪麗・沙特克里夫（Rosemary Sutcliff, 1920-

1992，英國小說家）的作品《太陽戰士》（*Warrior Scarlet*）[9]中，便可窺見從前儀式之險峻。

研究非近代社會成年禮（initiation，又譯為啟悟）的宗教學家埃里雅德（Mircea Eliade, 1907-1986，羅馬尼亞宗教史家）曾經說，「成年禮泛指一項儀式和口頭訓導，目的在於使被啟導者的宗教及社會地位產生決定性的轉變。以哲學性說法來說，便是從根底上改變其實存條件。」[10]也就是說，經由通過這樣的儀式，來成為一個**完全不同的人**。這樣的過程，時常伴隨著「死與重生」的體驗。所謂「成為大人」，便是至此為止的那個小孩已死去，重生為另一個大人。

這樣的成年禮儀式在進入近代社會後消失了，這也是為什麼現代小孩

9 《太陽戰士》，蘿絲瑪麗．沙特克里夫著，豬熊葉子譯，岩波世界兒童文學集26，一九九四年。

10 《生與重生——成年禮的宗教意義》，埃里雅德著，堀一郎譯，東京大學出版會，一九七一年。

「轉大人」時會經歷更多辛苦的原因。成年禮為什麼會消失？現代人又應該怎麼辦？我在拙著《轉大人的辛苦》11裡已詳細討論過，在此就暫不贅述。我只想強調一點，雖然制度面上的成年禮不見了，但個人的成年禮依然很重要。每一個人都要經歷屬於自己的成人體驗。這種個人的成年禮，對於個體而言是無比重要的「時刻」，在兒童文學裡多有描述。接下來我想從這個觀點，帶大家來看看這一類作品。

轉大人

蘿絲瑪麗．沙特克里夫的《太陽戰士》就是這樣一本描述遠古時代成年禮的故事。故事發生在青銅器時代，「遠在基督誕生前九百年左右，今日英格蘭丘陵地帶的部落裡，住著一位男孩多南姆」。故事就描述他如何經歷試煉，成為一位獨當一面的戰士。我希望大家去讀這本書，了解一個男孩要「轉大人」是一件多麼辛苦、多麼拚命的事。現代人對於轉大人這件事都想得太簡單了，其實如今轉大人並沒有比青銅器時代輕鬆，依然還是很危險。

多南姆是位九歲的男孩，夢想有一天可以成為驍勇的戰士。但要成為戰士必須先通過嚴厲的考驗，多南姆的母親正在為他織衣。

> 母親手上拿著的杼軸上穿著紅色的線。那是像

與狼戰鬥的多南姆（查爾斯・奇賓繪《太陽戰士》岩波世界兒童文學

11 《轉大人的辛苦——陪伴孩子走過成長的試煉》，河合隼雄著，林詠純譯，心靈工坊，二〇一六年。

烈火一樣緋紅的戰士之紅，代表勇氣的顏色。部落裡女人們的衣著不可以是這樣的顏色，被部落勞役的混血人種也不可以使用這樣的色彩。那是統治者的顏色。有一天，多南姆將會通過年輕人之家的試煉，獨自殺死一匹灰狼，成為頂天立地的部落戰士，拿著祖父的盾牌，為了那一天的來臨，母親正用緋紅之線織紡衣服。

要成為一名頂天立地的戰士，必須先「通過年輕人之家的試煉、獨自殺死一匹灰狼」才可以。單挑灰狼要賭命，而多南姆非常期待那一天的到來。可是多南姆的右手跟別人不太一樣，「比左手還細，好像枯枝一樣細弱，感覺一扭就斷」。因此多南姆那戰名顯赫的祖父，也老早就不指望他能成為一個戰士。

可是多南姆沒有放棄。他離家出走，向獨臂戰士塔洛爾學習槍法。他的心血沒有白費，終於獲准進入「年輕人之家」。「從十二歲那年春天到十五歲那年春天為止，所有部落的男孩都得在年輕人之家一同生活，在族長身邊學習」。

男孩們在那裡學會怎麼拿刀使槍、耍盾拉弓、駕馭獵犬與馬兒，同時還得跟在獵人前輩身旁「一起忍耐饑寒、學會如何熬過痛苦」。這一切修煉都是為了「那一刻」而準備，也就是獨自殺死灰狼、成為獨當一面的戰士之時。

在年輕人之家裡，多南姆吃了不少苦頭。同輩的路卡對他大吼：「喂！那個一隻手的！」「一隻手要怎麼同時拿著槍跟盾？你這不是成了半個戰士嗎？半個戰士怎麼可以跟我們這種真正的戰士在一起！」這世界走到哪裡，都有愛欺負人的人。其他男孩也跟著路卡起鬨，都圍到多南姆身邊來，推擠著他喧鬧，「唷喝！一隻手的多南姆！」

雖然毫無勝算，但多南姆不甘示弱地大嚷：「我一隻手就可以揍你！」一拳就往路卡的身上招呼。這一下子，包括路卡在內的所有男孩全都圍毆過來了。這時族長的長子波多力克斯想也沒想，馬上幫多南姆助陣。

多南姆知道自己一定要打，他打，是為了在部落裡打出一個屬於自己的位置。這場架關係著他再來的一輩子能不能活得像個人。他扯開了嗓子奮力反抗，手上的拳頭像瘋了般地亂揮。

就在一群男孩打成一團的時候，族長趕來了，以指導者的身分制止了這場群架。族長問，「為什麼打架？」大家都不敢說話。一會兒後，多南姆囁嚅：「我們是在練習當戰士」。這回答聽得族長哈哈大笑，而事情也就這麼圓滿結束。那之後，多南姆便跟波多力克斯建立起了深厚友誼。

男孩要變成男人的「那一刻」到來前，必須要先經過各式各樣的「時刻」。在那之間，也需要經歷前面這樣粗暴的「練習」。

這種「粗暴」練習在打群架之後也沒有停止，只是轉換了形式。在那之間，多南姆與路卡也曾有過心意相通的瞬間，男孩子的友情以各種面貌一步步建立。

不過多南姆並沒有掌握住他的「關鍵時刻」，他所面對的灰狼特別凶悍，使他差點沒命，還多虧了波多力克斯在危急時刻出手相救，但多南姆也因此錯失了成為戰士的機會。那之後又經過了一些事，當多南姆終於打死了那匹特別危險的灰狼後，他終於當上了戰士。這當中過程非常戲劇化，在此略過不提。以作品來說，必須創造出這樣的戲劇性，因此得有那些描寫。但我們由今日的眼光來看，會知道在那樣的青銅器時代，只要多南姆一失敗，可能馬上喪命。這是某些「時刻」無法重頭來過的沉重一面。不過終究以作品來說，它令人深深感受到了「轉大人的時刻」來臨，帶有什麼樣的含意。

女性的「時刻」

成年禮的儀式在未進入近代社會之前，是非常重要的，然而有些地方男生有成年禮，女生卻沒有，為什麼呢？因為如果不特地為男孩子舉辦成年禮，男孩子很難意識到自己已經「轉大人」，可是女孩子會有月經初潮，在自然的規律下，體認到自己已成為「成人」的事實。所以，女生是各自迎來自己的那個「時刻」，男生卻是藉由特意舉行的儀式，與其他男生一起「轉大人」。

但這並不表示女孩子就比較輕鬆。當我們關注女孩子的內心世界時，會發現女孩子所經歷的，並不亞於前述男孩子在成人儀式時所面臨的性命安危。女孩子必須等待一個必然來到的時刻，卻不知道它什麼時候才會來。去等待這樣一個無關乎自己意志卻絕對會到來的時刻，是一場相當大的考驗。而女孩子如果在這段時間內感受到精神上焦慮不安，也是很理所當然的事。

愛麗森・鄂特麗的《時空旅人》（*A Traveler in Time*）[12]傳神地描述出了女孩子在成年歷程上的心境變化。主角潘妮洛普是位體弱多病的女孩，家人特地把她從倫敦送到塔克斯農場的大姨媽堤西那裡療養。當潘妮洛普住在大姨媽那古老的房子裡時，忽然間遁入了三百年前的時空。她在那裡遇見了不曉得到底是第幾代之前的堤西，以堤西遠親潘妮洛普的身分住了下來。由於堤西與潘妮洛普這兩個名字都傳了好幾代，因此無論是遁入時空裡的人或是接受的人，大家都出乎意料地就接受了事實。就像我在〈時間的循環〉裡所提到，譬如桑菲力安這樣的名字由於傳承了好幾代，整件事才得以銜接得上來。在普遍將時間視為線性流動的西方，卻彷彿是補償性般地保留了這種名字傳承的習慣，這一點很有意思。

回到三百年前的潘妮洛普，在那裡遇見了當時塔克斯的年輕領主安東尼與他弟弟法蘭西斯，以及手下眾人。當時安東尼等人正奮力營救被伊莉莎白一世幽禁的、篤信天主教的蘇格蘭女皇瑪麗一世。受到安東尼與法蘭西斯的吸引，潘妮洛普也想幫忙，可是她其實知道，根據英國歷史，瑪麗一世與安東尼最後都被伊莉莎白一世給處決了。雖然知道結局悲慘，她還是忍不住加入。

讀這本書的時候，我覺得很不可思議。我自己似乎也變成了潘妮洛普，我忍不住想去營救瑪麗一世，但我又知道瑪麗一世最後會被處決。忽然間，我意識到了這故事所描述的，其實是女性內心世界裡那「無可避免的時刻之來

12 《時空旅人》，愛麗森·鄂特麗著，小野章譯，評論社，一九八一年。

臨」，因而深受觸動。

現代人總認為我們的人生是靠著自己的意志與努力打拚上來的。這種觀念有時太過執著，讓我們誤以為自己可以左右一切。可是一名少女無論如何就是會變成一個女人，我們無法阻止這樣的時刻到來。轉為大人，意味著「少女之死」。無論男性、女性，都得經歷伴隨成長而來的某種「死亡」體驗。就算我們竭力抗拒，也終究抵擋不了「那一刻的來臨」。

可惜我無法再更仔細一點介紹潘妮洛普所經歷到的戲劇化情節，這是一部描寫少女內心世界的精采傑作。美貌無雙、魅力驚人的瑪麗，還有為了營救瑪麗而竭盡全力的優秀青年安東尼，但兩人終將被伊莉莎白一世處死。潘妮洛普雖然清楚歷史無法逆轉，卻依然仗義救人。這部故事傳神揣摩出了一名少女對於「轉大人」所抱持的強烈抗拒。

故事裡，潘妮洛普被關在地下室裡徘徊於死亡幽谷。象徵性的死亡經驗時常與現實的死亡只有一線之隔。這不禁令人想到，當這年紀的女孩自殺時，她們所發生的「時光之旅」往往太過急遽。為了要搶救少女，必須有能將她留在這世界的力量。在故事裡，深愛潘妮洛普的大姨媽與姨丈便發揮了將她帶回這世界的力量，把她救了回來。

小巫婆的成年禮

進入近代社會後，社會制度面上的成年儀式消失了，於是個人更必須在適合自己的時刻、以適合自己的方式去經歷相當於成年禮的歷程。這種事有時以出乎意料的形式出現，有時候在當事人都沒有意識到之際，便自己完成了成年禮。如今發生在年輕人身上的各種「事件」，如果我們以經歷成年禮失敗的角度去看待，或看成是年輕人正試圖去經歷屬於他們自己的成年體驗，便容易理解得多。

細看人生，會發現人生裡有很多階段。要通過這些階段，就必得經過大大小小、各式各樣的通過儀式。我認為，我們可以朝這方面去想想，無論對誰而言，成年禮都很重要，而在成年禮之前，我想差不多是在十歲左右，人

伊莉莎白與珍妮佛（柯尼斯伯格繪《小巫婆求仙記》岩波世界兒童文學集）

會先迎來一個很重要的人生階段。那年紀的孩子開始清楚意識到「我」是有別於其他人的獨立存在，因此他常會感受到孤獨、徬徨。因為孩子自覺到，在那之前無論什麼事都與家人一起行動的「我」，事實上是一個有別於他者的孤獨個體。

描寫這個年紀的孩子如何「轉大人」的作品裡，我們可以來看一下柯尼斯伯格的《小巫婆求仙記》（*Jennifer, Hecate, Macbeth, William McKinley, and Me, Elizabeth*）[13]。英文書名中有「我」（Me），非常特別。這兒的「我」，相當於我們在之前提過的《喬治與我》中的「我」，兩者都以同年齡層的男孩「我」與女孩「我」為主角。《喬治與我》藉由「我」的另一個分身「喬治」來聚焦於自我的存在，《小巫婆求仙記》則藉由「小巫婆珍妮佛」這個不可思議的角色，來確認「自我」。

「我」伊莉莎白在上學途中遇見了一個奇怪的小女孩，這女孩坐在樹上，晃著一雙腿。她自稱是「巫婆珍妮佛」。珍妮佛與伊莉莎白是同年級的學生，兩人讀同一所學校，可是伊莉莎白宣稱「我只是為了要去給老師施法惡整他們，才去上學的」。

伊莉莎白後來與珍妮佛變成了朋友。說是朋友，其實是她拜在珍妮佛門

13 《小巫婆求仙記》，柯尼斯伯格著，新蕾出版，二〇一一年。

下，跟珍妮佛學巫術。自從成了小巫婆的徒弟後，伊莉莎白每天都經歷到一些奇怪的事。接連發生的神奇事件，令她不由得深信珍妮佛真的是個女巫。訓練一天比一天嚴格，珍妮佛交代了十三條戒令，要伊莉莎白背熟。從「戒令一，睡覺時不可以睡在枕頭上」到「戒令十，睡前要繞床三次才可以上床」「戒令十三，晚餐之後才可以哭」等等。

雖然有些戒令伊莉莎白受不了，但是珍妮佛能說善道，誘導有方，伊莉莎白又繼續乖乖持續「女巫修煉」。最後關鍵「時刻」來到了。這件事發生在兩人要製作「飛行油膏」的實驗時。珍妮佛抓來了一隻所謂女巫必備的蟾蜍，沒想到伊莉莎白卻喜歡上了蟾蜍，還給牠取了個叫做「喜之助」的名字（由來在此省略）當成寵物養。最後要調配「飛行油膏」的時候，珍妮佛一把抓起蟾蜍，丟進鍋子裡。

那一瞬間，伊莉莎白那屬於小女孩的童稚情感超越了女巫的殘酷，她尖喊「不要呀！」一手拍開了珍妮佛的手。喜之助便這麼掉到地上獲救，但伊莉莎白的女巫修煉之路也就此畫下了句點。

之後伊莉莎白便發了高燒，臥床休息。通常我們人經歷了什麼關卡後，身體常會不舒服。或許身體也正在經歷什麼轉變吧，所以人便這麼發燒、休息了。

又過了一陣子，珍妮佛來看伊莉莎白。兩人相視一笑後便停不下來，笑得前仆後仰。女巫的魔咒已然從兩人的身上解除了，這兩個人都經歷了蛻變，以「清楚自己是誰」的心態回歸這世界。雖然當女巫的入門修煉很辛苦，可是一個女巫的入門失敗時，或許正是另一個普通女孩（其實也不普通啦）的入門成功時。最後故事這麼結束：

我們現在只要當自己就很開心，沒有人要冒充巫婆了。珍妮佛就是珍妮佛，我就是我。我們成了好朋友。

兩個人所經歷的那一番女巫修煉，無非都是為了發現「真實自我」的那一刻到來。

以死亡面目來臨的成年禮

尚未進入近代社會之前，公認最重要的一項相當於成年禮的啟悟儀式是喪禮。這是從此世過渡到彼世的通過儀式，當然無比重要。但進入近代社會後，近代人對於「死」的看法變得虛空乏力，傾向於把「死」視為是一種**結束**。但如果我們只是把「死」看成是結束，又應該怎麼去看待「生」，從「生」中去找出意義呢？考慮「生」，就必須考慮「死」。

梨木香步的《西方魔女之死》[14]裡，主角國中女生「小舞」便思考了關於死亡的問題。她問父親，「人死了會怎麼樣呢？」她想起了這件事，跟外婆提起。

> 爸爸說人死了就死了，死了就沒了，什麼都不知道，自己這個人從此消失，什麼都不存在。我說，那我死了後太陽還是照常升起，每個人還是一樣過著自己的生活嗎？爸爸說沒錯。

小舞愈説愈難過，講得都快哭了。外婆把她攬入自己的被窩裡，一邊摩挲著她的背説：「這樣小舞一定會很難過喔」。

其實很多小孩都會因為這樣而難過，遠比我們大人所想的還難過多了。當然孩子也不是一天到晚都在思考「死亡」這件事，可是就像我説過的，人生中一定會經歷到「死與重生」這個關卡體驗，而這時，許多小孩子無可避免地思考起「死亡」這件事。當孩子愈想愈覺得孤單寂寞有點冷，鑽進了母親的被窩，這時母親如果斥責「都這麼大了！」小孩可能會因此而深感受挫。

小舞是個拒絕上學的學生，這不難理解。因為小舞雖然可以在學校裡學到各種知識，譬如「死（死ぬ）」在文法裡屬於日文Na行五段活用的動詞、佛教在什麼時代傳入我國、青蛙解剖實驗等等，可是卻沒有人能回答小舞最想知道的問題，那便是「人死後會怎麼樣？」而且大家還傾向於排斥關心這

14 《西方魔女之死》，梨木香步著，小學館，一九九六年。

種問題的小孩。

不過外婆不是那種人。她誠懇地告訴了小舞她的想法。

外婆覺得呀，人有所謂的「靈魂」。人是由靈魂與身體組成的。雖然外婆不知道靈魂到底從哪裡來。（中略）外婆覺得呀，死就是一直被關在身體裡的靈魂成功逃脫了、自由了。

小舞聽了後雖然沒有馬上接受，但心底踏實了很多。小舞有這樣的外婆很幸福。可是外婆為什麼會被叫做「魔女」呢？那並不是因為外婆真的有什麼奇怪的魔法，而是她懂得現代人已經遺忘的許多古老智慧。

小舞聽了外婆的話後，雖然半信半疑，不過總算去上學了。之後外婆真的遵守約定，在親身經歷過死亡後，告訴小舞死了後會怎麼樣。至於發生了哪些事、她又是怎麼告訴小舞呢？這些情節，想知道的讀者請去看原著吧。

04 祕密時光

在關於「時光」這議題上的兒童文學討論到了最後，也來到了我們這本書的尾聲。最後我想以一本十分適合本書的童書來做結，那是菲利帕・皮亞斯的《湯姆的午夜花園》[15]。菲利帕・皮亞斯寫出了不少名作，其中尤以本書最是精采動人。

十三點

主角湯姆因為弟弟得了痲疹，被送到亞倫叔父家避難。通常要安排小

15 《湯姆的午夜花園》，菲利帕・皮亞斯著，張麗雪譯，台灣東方，二〇〇〇年。

孩子經歷什麼「神奇」體驗並獲得收獲時，兒童文學時常會這麼設定：小孩子因為某些原因而離開（或失去）父母，去其他能提供給他們溫暖照顧的地方（通常是老人家）。至此為止所介紹的幾部作品，譬如《納岡和星星》、《格林諾的孩子們》、《時空旅人》、《西方魔女之死》還有此次沒有辦法詳提的《回憶中的瑪妮》都是如此。這種設定很適合讓孩子脫離日常環境、體驗到深度非日常的經驗，但同時又有人守護。本書裡的湯姆則稍微有點不一樣，他雖然離開了雙親，卻不喜歡照顧他的亞倫夫妻。不過他也在不知不覺中，跟其他老人有了深度的接觸。

細節請容我稍後再提。總之自從湯姆住在亞倫夫妻家後，他就失眠了。某天晚上當他又睜著眼睛睡不著時，聽見了樓下的老爺鐘敲出了報時聲。仔細一數，居然是十三下！

「十三點？湯姆心底抖了一下。剛那老爺鐘真的敲了十三下嗎？」雖然覺得不可能，但的確是敲了十三響。

湯姆直覺感受到這件事對他起了什麼神奇的變化。一旦發現，就更按捺不住。靜謐的夜晚中彷彿潛藏著什麼，好像整幢房子都在喘息一樣。黑暗籠罩著湯姆，似乎正在詰問他——唷，湯姆！老爺鐘敲了十三響耶，你打算怎麼辦？

湯姆想了半天，決定把這當成「多出來的時間」。他溜下樓，走到後門，把門一拉開後，居然看見月光下有個美得令人屏息的花園。

以前我曾經讀過基督徒被政府壓迫時，被政府藏起來的文書，發現了一項很有意思的記載。原來靈魂在拉丁語裡是「anima」，但傳來日本時被日本的基督教徒聽錯了，誤寫成「arima（有り間）」也就是「介於～之間」。介於什麼之間的存在就是靈魂。如果我們以平常物體存在的標準來看，靈魂並不存在。靈魂存在於「之間」。在今日與明日之間，在心靈與身體之間。

湯姆進入了時間的「縫隙」。那當然是屬於他一個人的「祕密時間」，只屬於他一個人，誰也奪不走。擁有這種「祕密時間」的人，都很幸福。

幸福歸幸福，但一開始湯姆其實很錯亂，因為當他拉開後門，發現有一個那麼美的花園時，還以為亞倫叔叔說謊，騙他說家裡沒有花園。但他後來又去確認一次的時候，發現真的沒有時驚訝無比。最叫他混亂的，還是「時間」。每一次他在花園裡碰見那個叫做「海蒂」的女孩時，海蒂不是變小了、就是變老了，上一次被暴風雨吹倒的樹木，下一回去，居然又完好如初。「花園裡的時間亂七八糟，完全無法預測」。

月光下的花園（蘇珊・愛恩吉格繪《湯姆的午夜花園》岩波書店）

時間這問題讓湯姆想破了頭，終於忍不住問亞倫叔父：「時間是什麼？」叔父絞盡了腦汁，拚命以小孩子也能聽得懂的方式跟他說明，但由於湯姆盡講一些莫名其妙的話——從亞倫叔父的角度來聽——終於把亞倫叔父惹火了。亞倫叔父還是再一次努力說明，只可惜兩人的對話彷彿平行般沒有交集。這很容易想像。因為亞倫叔父所說的，是直線前進的物理性時間，然而亞倫所提的卻是「靈魂的時間」，是一種會循環交錯、出現各種情況的時間。很理所當然的，兩人的對話牛頭對不上馬嘴。

祕密花園

湯姆非常聰明，他沒有跟亞倫叔父提起過任何有關花園的事。最重要的內在祕密，絕不可以隨便跟他人講。雖然湯姆在寫給弟弟的信上提到了花園的事，可是他也註明了「親展」，並且還叮嚀「看完燒毀」，可見得要多小心。

説到祕密花園，不由得連想起另一本英國作家伯內特（F.H. Burnett, 1849-1924）的《祕密花園》（*The Secret Garden*）[16]。故事裡支撐著那位不幸少女的，正是一個他人沒有辦法輕易進入的祕密花園。考慮到柏納特這本書寫於一九〇九年，而《湯姆的午夜花園》完成於一九五八年，不禁令人感嘆兒童文學僅僅在五十年內，便發展得如此龐闊深遠，也難怪英國兒童文學家湯森（譯按：此處所説應是約翰·湯森〔John Rowe Townsend, 1922-2014〕）甚至推崇此書為「如果我只能從第二次戰後的英國兒童文學中挑選出一本稱為傑作」，那肯定是《湯姆的午夜花園》。

有個字眼「自我認同」（self identity），我們很難嚴謹地為它下定義，不過簡單來講，應該可以説是讓自己接受「我就是跟別人不同的人」。當我們説「我就是我」、「我是什麼？」的時候，我們可以回答「我是公司老闆」、「我是父親」、「我年收入多少」等等，可是這些都是外在條件，只要前提改變，頭銜會跟著消失，因此也很虛幻。而且就算是社長、教授又如何呢？這世上多得是。

對湯姆而言，知道祕密花園存在的這件事，不就讓他得以是一個獨一無二的湯姆嗎？而且這是任何人都無法奪走的，只要他把它珍藏在心中，不管碰到什麼情況，都不會改變這項事實。可以說，湯姆其實獲得了一個很強大的自我認同。當他第一次看到祕密花園後的隔天早上，「湯姆睜開眼睛時，感受到一股無比的幸福，然而他並不知道為什麼，後來才想起了花園。」這時候，湯姆還不知道花園之於他的重要性，可是已感受到一股「無比的幸福」，這就是他的預感。

「花園」裡住了很多人，其中湯姆特別在意一個名為「海蒂」的女孩子。海蒂對他說：

> 我是被關在這裡的，我是個喬裝改扮的公主。這裡有一個人自稱是我

16 《祕密花園》F．H．伯內特著，聞翊君譯，野人，二〇一六年。

嬸嬸，但其實她不是。她對我壞得不得了。還有一些人自稱是我堂兄弟，他們也不是。現在我已經告訴了你我全部的祕密，我允許你叫我公主。

不過海蒂其實不是公主。湯姆也覺得她應該不是。但海蒂的確有令人感覺像是個公主的地方。如果我們把祕密花園想成是湯姆靈魂裡的王國，那麼海蒂是公主就說得通了。自從湯姆在午夜的祕密花園裡認識了海蒂後，慢慢變得成熟而獨立。原本一天到晚嚷著要回家的他，忽然說出想再多待在亞倫叔叔家一陣子的時候，把亞倫夫妻嚇了一跳。湯姆已經感受到了比自己家族更有魅力的存在。

老人心裡的孩子

故事來到了尾聲，謎底也隨著逐漸解開。原來海蒂是這幢公寓的房東，也是擁有會敲響十三聲的老爺鐘的主人巴塞洛繆老太太年輕時候的樣子。巴塞洛繆老太太也住在這幢公寓裡，她在追憶過往時光而做的夢裡，湯姆居然「闖了進去」。當她還是個被人稱呼為海蒂的小女孩時，這裡的確還沒改建，是幢氣派的宅邸，而湯姆所看到的那個美麗「花園」就在當時的宅邸裡。

巴塞洛繆老太太沒有親人，周遭的人對她敬而遠之，她一個人孤伶伶地活在過去那美好的「庭院」之中。這時候，一個被迫離開雙親，寄宿在自己不喜歡的親戚家的小男孩湯姆，在孤獨之下也來到了這個花園。兩個人在「靈魂的花園」裡相遇了，共同度過愉快的時光，也療癒了彼此的孤獨。

讀到這裡，我們深切感受到了做夢的美好。巴塞洛繆老太太其實並沒有特地為湯姆做過什麼，她只是剛好住在同樣的公寓，一天到晚昏睡而已。可是或許也正因為這樣，才給予了湯姆他最需要的幫助。

我們一提到老人家的生存意義，時常會說老人家可以這麼做、那麼做，而老人家自己也覺得應當有所貢獻，可是不管是幫忙教育小孩或是告訴大家有關時間的種種，有時候，恐怕都比不上什麼都不做、鎮日昏睡還來得有用。

不過這種事要能夠實現，恐怕還是要像巴塞洛繆老太太擁有海蒂一樣，老人家的心裡頭得先住著個小孩子才行。皮亞斯在書末〈寫於《湯姆的午夜花園》之後〉裡頭也強調，這一切都是因為「老太太的心裡住著一個小孩子」。皮亞斯又說，「我們每個人的心頭其實都住著小孩子」。我們也不能或忘，孩子的心裡頭其實也住著「大人與老人」。時間並不是單純地直線前進，唯有當我們意識到這件事後，大人與小孩才都可能過著豐富而多采多姿的生活。

本書《故事裡的不可思議》也終於要畫下尾聲。最後我想引用諾貝爾文學獎得主以撒・辛格（Isaac Bashevis Singer, 1902-1991，波蘭裔美籍作家）在《傳遞故事的馬兒》（*Naftali the storyteller and his horse*）[17]裡的一段話來為本書作結。辛格說過他的書是「獻給所有遇見長大成人以及生存與愛的種種謎題，無分老幼，正在思索其意的讀者。」這段獻詞我想原本挪用。此外，他在書中收錄的一篇〈納夫塔力與愛馬蘇思的故事〉裡，有這樣一段老者所說的話，請容我以此段話作結：

「今天，我們活著。但當明日一來到，今天就成了故事。這世界、這人生所有一切，就是個漫長的故事哪。」

17　《傳遞故事的馬兒》，以撒．辛格著，工藤幸雄譯，岩波少年文庫，一九八一年。

後記

如今似乎仍然有很多人一聽到兒童文學，便堅持那是「小孩子看的玩意」，但我並不這麼想。這件事我已經重申了很多次。我認為兒童文學老少咸宜，而且現代人容易遺忘的「靈魂的真實」，反而多所存在於兒童文學中。孩子清澈的目光，比大人混濁的眼睛更容易看到真實。

我一直想寫一些文章來呼籲大家重視兒童文學名作，但是一個勁兒的呼籲，不光是讀的人，連我這個寫的人都覺得很無聊。剛好岩波書店編輯部的山田馨先生也有這種想法，於是我們聊了很久後，決定以「故事與不可思議」為主軸，來建立起整體架構，「不可思議」這個詞，可以說是要傳達我所關心的「靈魂的真實」這項議題時，必要使用的關鍵字。這麼說定後，我便一邊與山田先生討論，同時著手篩選想介紹給讀者的讀物。

一開始的計畫是，先對兒童文學有高度興趣的人演講，接著把講稿整理成書。一九九五年是岩波少年文庫創刊四十五週年紀念，於是岩波書店也在六、七月舉辦了四次紀念講座，以〈兒童與不可思議〉為主題（本書第二章至第五章內容）。來賓也問了許多很有意思的問題，我講得很開心。

不過一到了要把演講內容整理成書面文章時，我就很頭大了。我不曉得其他人的情況怎麼樣，不過我在演講時，與我在寫文章時差異甚大。演講時，看得見對方，忍不住就想逗大家笑，於是多說了一些無關緊要的話。在彼此看得到對方的情況下，觀眾意外地很捧場，我也愈講愈高興，但是要把講的內容化為文字時，難度完全不一樣。

我對著書桌苦戰惡鬥，原本該在去年配合創刊紀念一起刊行的，卻一拖再拖，拖到了如今，在此謹藉此機會致上歉意。

爬梳成文章的時候，我又重讀了書中作品，有些不曉得已讀過多少遍了，但每次重讀還是有新體會，因此覺得這樣的作品，肯定可以安心介紹給讀者。不過由於我是真的很希望大家都來讀這些書，下筆的時候不免投入了太多情感，失之冷靜，這一點還望各位讀者體諒。

我自己在寫作的過程中享受了很多樂趣，不過這本書最終能付梓，還多虧山田馨先生在我背後的鞭策支持，否則無法成書。在此謹致謝忱。

如果這本書能為我國多帶來一點兒童文學愛好者，個人將無比欣喜。

一九九六年一月

河合隼雄

〔解析〕

故事具有活生生的魔力！

小澤征良／散文作家

河合隼雄先生在提到兒童文學時這麼說，

——兒童文學是老少咸宜的讀物，而且現代人容易遺忘的「靈魂的真實」，反而多所存在於兒童文學中。孩子清澈的目光，比大人混濁的眼睛更容易看到真實。

讀到這些話，不由得勾起了我心底深深的回憶。

對我來講，河合隼雄先生一直是個與讀者心靈相繫、以最誠摯的心魂對讀者訴說的世上罕見之人。不知道有多久了，我總是習慣在書中傾聽他的話語。雖然我不曾有機會見過他，但捧讀著書，心壑間總是響起他那略微嘶啞的，一聽便安心的聲音。那溫暖而值得信賴的聲音，每每自然地支撐起了我這一顆容易徬徨、不安與焦慮的心。

好幾年前，無論我工作或睡覺時總是在身旁相伴的「靈魂伴侶」，一隻陪伴了我九年的愛犬，忽然間離世。事情發生在我陪病癒後的家父一同赴歐的隔天。明明離家前最後一次看見牠時，還是那麼活力充沛，根本連想也想不到會突然心臟病發。就在抵達法國當晚的午夜兩點多，電話鈴聲響了。腦袋還昏沉沉地，但那震天價響的鈴聲，令人感受到一股不祥的氣息。電話線的另一頭，傳來家弟低落的聲音——布思卡死了。下一瞬間，我被自己哭喊「怎麼可能！」的聲音給嚇著。好不容易挨到天亮，我趕緊前往巴黎準備回國。清晨的天空黯淡無光，彷彿籠罩在烏雲下。腦子裡空蕩蕩地，恍神看向四周才終於發覺，原來這世界的色彩已消失了。騎著腳踏車忙著躲雨的女子、撐著傘的上班族、準備營業的麵包店，這世界依然如常，忙著運轉，但我的天地卻已經失去了色彩。

——有個男人的女友被車子撞死，他傷心欲絕地問：「為什麼！為什麼她會死！」這時候你回答「因為失血過多」這種科學上的解答，根本無法讓當事人接受。在面對自己的內心時，（中略）往往神祕難解的事物比較有效。這些奇特而不可思議的事，在當下對當事人造成了特定意義，於此支撐了當事人。（中略）人的內心裡充滿了各種不可思議的謎，難以用日常生活裡的常識來闡述。

的確如此。當時給我力量的並不是「狗在東京忽然心臟病發，罩上人工呼吸器後一度好轉，但情況急轉直下，最後病逝」這種醫學事實。每次當我心情低落哭泣的時候，牠總是拚命舔我的臉，一直在我身邊陪伴。但牠生命的最後一刻，我卻不在牠的身旁，牠應該很害怕吧。這件事也叫我無比痛楚。我站也不是、坐也不是，只好一直寫、一直寫、拚了命地字跡潦草地一直寫。不這樣的話，我已經不知道該怎麼辦才好。現在回頭想想，當時我是試著想抓住什麼吧？想抓住一點關於愛犬與我的回憶。在那腳不著地的幾十個小時裡頭，好幾個小小而「不可思議」的事情發生在我身上。

我哭得無法自抑，伸手探向包包想拿手帕的時候，隨手居然翻出了一個紙袋的碎片。那小小的碎片上印著「koufuku」。好久好久以前，別人從興福寺給我帶回來的土產（譯按：興福音同幸福，皆發音為koufuku）。由於時間點實在太巧合了，我心想那一定是愛犬想傳達給我的信息吧。「我很幸福唷，別擔心。」之後不曉得是不是我看花了，就在我接到電話之後，居然在法國當地看見了愛犬的身影，就只有一瞬間。牠一臉驚訝地望著我，好像在說，「妳怎麼會在這裡？」直愣愣地看著我哭腫的臉。

回國後，跟包在冰袋裡的牠共度最後一夜的那天晚上，我做了**三個很奇特的夢**。第一個夢裡，我穿越了牆壁，當我醒來的那一瞬間，不由然覺得「原來牠昨天**就是這樣穿牆**去見我的」，心中深深感慨，果然一切都不是錯覺。第二個夢裡，有一匹潔白優美的貓頭鷹從我頭上飛過。後來有一天，我一查發現原來貓頭鷹在印第安原住民的世界裡頭，象徵死者的信使。這一點也滿能說服我，感覺好像有人說「那不光是個夢唷，那是有意義的」。接著在第三個夢裡，我看見了一匹沒見過的黑狗背影。做了那個夢後，我直覺死去的愛犬一定會帶那隻狗來見我（其實事隔多年之後，我真的遇見了那隻小狗。如今布思卡帶來的那隻毛色黑白的狗兒已經長大，現在就坐在我旁邊一直看著我）。

從法國回來後，一位河合先生生前熟識的女士立刻送給我一首印第安原住民的詩。詩裡描述死去的動物正在彩虹橋上開心玩耍，等待生前的熟人前去相聚。我像抓緊浮木一樣讀了一遍又一遍。就這樣，碎紙張上的文字、三個奇特的夢、人家送我的詩——發生在眼前的幾件**細微而神奇的信息**，讓我得以相信死去的愛犬，此刻正幸福地等待我有一天去與牠重聚，讓我得以克服那困難的關卡，紓解那無以名狀難以排遣的痛苦。就是這幾樁小事，或許是我個人的過度想像。但當時讓我抓緊的，便是這樣小小卻**帶有力量**、**確實無比的故事**。

這本書裡提到了某個遭受性虐待的女子，做為她的救贖與後盾的便是故事（《綠野奇蹤》）。我一邊讀，一邊想起了自己的經驗，深深覺得就是如此。書中到處都是河合先生的聲音，敍述著一件又一件深入的話題，讓人感覺彷彿自己的心靈也在對話一樣，充滿了神奇的力量。這本書深入而豐富，讓人讀來不忍釋卷，彷彿百寶箱。

故事具有魔力。那是醫學根據或科學事實所不具有的**活生生的力量**。人類擁有的重要事物裡，有火、有語言、音樂與文字（故事）等藝術，其中故事的重要性無可言喻。第一，這世上有人是沒有故事的嗎？如果有的話，那個人該是活得何等辛苦、何等灰黯？神話、傳說、文學、小說等等，傑出的故事絕對具有拯救人的魔力，而能近距離感受到這種故事的孩子極其幸福。大自然裡容易有故事棲息，有機會接觸到自然的孩子也很幸運。山川草木河山，妖精、小人與種種奇妙生物的無垠故事，就棲息在大自然裡。那些月黑風高的黑魆森林裡，隨著風兒擺動的樹林間就躲著嚇人的魔物。從樹梢間落下的亮晃晃陽光裡，有大人們沒看過的妖精正拍動金色翅膀跳舞。在大自然裡度過孩童歲月的成年人，一定對這些事都還有些印象吧。

——大自然充滿了各種不可思議的現象。尤其對孩子來講，一些大人習以為常的事情看在他們眼裡、聽在耳裡，全都叫他們驚詫得無以復加。大自然帶給了孩子許多體驗，而孩子也在這些體驗中獲得學習。當中摻雜了各式各樣的情感，於是孩子也得以體會到萬千豐富的感受。

（中略）既然同住在大自然裡，這些居民當然也與人類一樣會交談、會生氣、會哭泣。這是個如此「不可思議」的世界，又是個如此「理所當然」的世界。兒童文學名家就很擅長鋪陳這樣的天地。

看了河合先生的書後，我才明白自己為什麼明明是都市小孩，卻一陣子不到大自然裡去就會心焦難耐。對於從小每年夏天都在山裡頭度過的我來說，山林無疑是我的桃花源、安樂鄉。森林裡，一切都那麼閃耀，充滿了愉悅、探險與恐懼。那個落日如火般的傍晚，我與弟弟一起發現了奇特的鼴鼠寶寶。有一回我們在森林裡，用樹枝跟石頭花了好幾天蓋出「只有小孩可以去的基地」。大風雨的夜晚，我與弟弟為了冒險，帶著厚毯躲在荒廢的破卡車裡過了一夜。兇猛的風雨不斷拍擊窗戶、閃電瞬間打亮了暗林、雨流如瀑布般強勁傾瀉，在在都眩惑了我們姊弟兩人，把我們震懾得啞口無言。教會我要對大自然抱持敬畏的，正是山林。山林裡，彷彿住著時常在書裡看見的妖精跟小矮人。書中的故事，悄悄地棲息在真實的自然裡。

——人接觸到了神祕的大自然，敬畏自然，並思考如何與自然共存的方法才是人類之所該為。而在與大自然共生的時候，人類也會活得更為豐富。

給我的人生帶來這種稀寶般的感受的，的確是兒童文學故事與大自然。一個人到底帶著這樣的感受長大還是沒有，就像是一個人究竟是帶著靈魂一起成長，或是把靈魂拋下一般，絕對**截然不同**。把靈魂拋在一旁的人，有一天，一定要嚐到苦頭。

我從河合先生那裡學到的一個重要字眼是「星座」（constellation，引為巨觀布置）。如果我們單獨看著一顆顆星星，絕對看不到一整個星座。要先看見了整體的樣貌，那形狀才會產生意義。人生乍看下，好像每一樁事情都獨立發生，但其實事後回想，一切的事情都連結在一起。遇見了誰、發生了什麼事，就連壞事，也是因為有壞才有好。任何一個人，人生裡都有只能以「緣份」或「不可思議」來表現的巧合與偶然。

我在思考這本《故事裡的不可思議》的時候，正好也在進行家父的歌劇《男孩與巫術》的排練，每一天都忙得不得了。那齣戲的主角是一個愛耍壞的男孩，雖然時間不長，但有很多精采片段。有一天，被那男孩弄壞的餐具、殺死的蜻蜓夥伴、惡作劇過的暖爐裡的精靈、不寫習題的作業裡飛出來的一個奇怪的算數博士、被他用刀刻傷的森林樹木等等，一個個都出來教訓他了，要讓他知道自己做錯了多少事。歌劇尾聲，深懷歉意的男孩拿著手帕幫眼前腳受傷的松鼠包紮時，森林裡的樹木與動物們看了覺得男孩還不壞，於是幫忙他回家。男孩在家前看見窗內的母親身影，開心地大喊「媽媽！」，戲就此落幕。

真的沒有比這齣戲更適合《故事裡的不可思議》這本書的了！不曉得這是不是也是「全貌」裡的一顆星辰？有好幾次，我一邊思考著人生裡的不可思議，一邊想著這本書。翻開書頁，河合老師的聲音又在耳畔響起時，我內心的景色彷彿也豁然開朗，果真奇妙。

我覺得河合先生與生動的兒童文學故事都在告訴我們一件事——千萬別忘囉，這個世界很不可思議呢。

〔附錄〕

延伸閱讀

- 《孩子與惡：看見孩子使壞背後的訊息》（2016），河合隼雄，心靈工坊。
- 《轉大人的辛苦：陪伴孩子走過成長的試煉》（2016），河合隼雄，心靈工坊。
- 《青春的夢與遊戲：探索生命，形塑堅定的自我》（2016），河合隼雄，心靈工坊。
- 《宮澤賢治短篇小說集》（2016），陳嫻若譯，好讀。
- 《童話詩人宮澤賢治燃亮社會》（2016），紅通通。
- 《祕密花園》（2016），伯內特著，聞翊君譯，野人。
- 《綠野仙蹤》（2015），法蘭克・包姆著，國語日報。

- 《愛麗絲夢遊仙境》（2015），路易斯・卡洛爾著，劉思源譯，格林。
- 《彼得潘》（2015），詹姆斯・馬修・貝瑞著，葛窈君譯，國語日報。
- 《回憶中的瑪妮》上、下冊（2014），瓊・羅賓森著，王欣欣譯，台灣東販。
- 《燕子號與亞馬遜號》（2013），亞瑟・蘭塞姆著，貴州人民。
- 《默默》（2013），麥克・安迪著，李常傳譯，游目族。
- 《化身博士》（2013），R・L・史蒂文森著，范明瑛譯，遠流。
- 《哈比人》（2012），托爾金著，朱學恆譯，聯經。
- 《魔戒》三部曲（2012），托爾金著，朱學恆譯，聯經。
- 《小巫婆求仙記》（2011），柯尼斯伯格著，新蕾出版。
- 《風之又三郎》（2011）宮澤賢治著，立村文化。
- 《柳林中的風聲》（2010），肯尼斯・葛拉罕著，國語日報。
- 《金銀島》（2010），R・L・史蒂文森著，林玫瑩譯，立村文化。
- 《小熊維尼和老灰驢的家》（2010），A・A・米恩著，張艾茜譯，聯經。
- 《地海孤雛》（2007），娥蘇拉・勒瑰恩著，段宗忱譯，繆思。

- 《大提琴手高修》（2004）宮澤賢治著，許怡齡譯，上人。
- 《天使雕像》（2003），柯尼斯伯格著，台灣東方。
- 《湯姆的午夜花園》（2000），菲利帕·皮亞斯著，張麗雪譯，臺灣東方。
- 《歡樂村的六個孩子》（1994），阿思緹·林格倫著，任溶溶譯，志文。
- 《杜立德醫生非洲歷險記》（1993），吳憶帆譯，志文。

心靈工坊 PsyGarden
GrowUp 017

故事裡的不可思議：體驗兒童文學的神奇魔力

物語とふしぎ

河合隼雄—著　蘇文叔—譯

出版者—心靈工坊文化事業股份有限公司
發行人—王浩威　總編輯—徐嘉俊
責任編輯—黃心宜　特約編輯—黃怡　排版—李宜芝
通訊地址—10684台北市大安區信義路四段53巷8號2樓
郵政劃撥—19546215　戶名—心靈工坊文化事業股份有限公司
電話—02）2702-9186　傳真—02）2702-9286
Email—service@psygarden.com.tw　網址—www.psygarden.com.tw

製版・印刷—中茂分色製版印刷事業股份有限公司
總經銷—大和書報圖書股份有限公司
電話—02）8990-2588　傳真—02）2990-1658
通訊地址—248新北市新莊區五工五路二號
初版一刷—2016年12月　初版三刷—2022年11月
ISBN—978-986-357-081-3　定價—380元

國家圖書館出版品預行編目資料

故事裡的不可思議：體驗兒童文學的神奇魔力 / 河合隼雄著；蘇文淑譯. -- 初版. -- 臺北市：心靈工坊文化, 2016.12　面；　公分. -- (河合隼雄.孩子與幻想系列)(Growup ; 17)

譯自：物語とふしぎ

ISBN 978-986-357-081-3(平裝)

1.兒童文學　2.文學評論

815.92　　105023639

心靈工坊 PsyGarden 書香家族 讀友卡

感謝您購買心靈工坊的叢書，爲了加強對您的服務，請您詳填本卡，
直接投入郵筒（免貼郵票）或傳眞，我們會珍視您的意見，
並提供您最新的活動訊息，共同以書會友，追求身心靈的創意與成長。

書系編號－GrowUp017　　書名－故事裡的不可思議：體驗兒童文學的神奇魔力

姓名　　是否已加入書香家族？ □是 □現在加入

電話（公司）　（住家）　手機

E-mail　生日　年　月　日

地址 □□□

服務機構／就讀學校　職稱

您的性別—□1.女 □2.男 □3.其他

婚姻狀況—□1.未婚 □2.已婚 □3.離婚 □4.不婚 □5.同志 □6.喪偶 □7.分居

請問您如何得知這本書？

□1.書店 □2.報章雜誌 □3.廣播電視 □4.親友推介 □5.心靈工坊書訊
□6.廣告DM □7.心靈工坊網站 □8.其他網路媒體 □9.其他

您購買本書的方式？

□1.書店 □2.劃撥郵購 □3.團體訂購 □4.網路訂購 □5.其他

您對本書的意見？

封面設計	□ 1.須再改進	□ 2.尚可	□ 3.滿意	□ 4.非常滿意
版面編排	□ 1.須再改進	□ 2.尚可	□ 3.滿意	□ 4.非常滿意
內容	□ 1.須再改進	□ 2.尚可	□ 3.滿意	□ 4.非常滿意
文筆／翻譯	□ 1.須再改進	□ 2.尚可	□ 3.滿意	□ 4.非常滿意
價格	□ 1.須再改進	□ 2.尚可	□ 3.滿意	□ 4.非常滿意

您對我們有何建議？

□ 本人＿＿＿＿＿＿（請簽名）同意提供真實姓名/E-mail/地址/電話/年齡/等資料，以作為心靈工坊聯絡/寄貨/加入會員/行銷/會員折扣/等用途，詳細內容請參閱：http://shop.psygarden.com.tw/member_register.asp。

廣　告　回　信
台北郵局登記證
台北廣字第1143號
免　貼　郵　票

心靈工坊 PsyGarden

台北市106信義路四段53巷8號2樓

讀者服務組　收

免　貼　郵　票

（對折線）

加入心靈工坊書香家族會員
共享知識的盛宴，成長的喜悅

請寄回這張回函卡（免貼郵票），
您就成為心靈工坊的書香家族會員，您將可以——

⊙隨時收到新書出版和活動訊息

⊙獲得各項回饋和優惠方案